Was der Kapitän erzählt

Bilder aus dem Seemannsleben
nach wahren Begebenheiten für die Jugend

Friedrich Meister und Lilly Willigerod

Loewe Verlag Ferdinand Carl, Stuttgart
Neufassung und Digitalisierung von Peter M. Frey

Bibliografische Information der Deutschen National-bibliothek. Die Deutsche Nationalbibliothek verzeichnet diese Publikation in der Deutschen Nationalbibliografie; detaillierte bibliografische Daten sind im Internet über http://dnb.d-nb.de abrufbar.

Was der Kapitän erzählt

Bilder aus dem Seemannsleben nach wahren Begebenheiten für die Jugend

Neufassung und Digitalisierung von Peter M. Frey.
In der Neufassung nimmt Peter M. Frey leichte Veränderungen am Originaltext vor, die der Lesbarkeit und der Übertragung in die heutige Zeit geschuldet sind. Ziel ist es, den Charakter des Originals so weit wie möglich zu erhalten.
Peter M. Frey arbeitet als Publizist und Autor in Süddeutschland.

Copyright © 2017 Peter M. Frey
Herstellung und Verlag
BoD - Books on Demand, Norderstedt
ISBN 9783744873246

Friedrich Meister.

Friedrich Meister wurde 1848 in Baruth in Brandenburg geboren und starb 1918 in Berlin. Er war ursprünglich ein Seefahrer der alten Schule. Zu seiner Zeit wurde der überseeische Handelsverkehr zum größten Teil noch durch Segelschiffe besorgt. Auf solchen Segelschiffen fuhr Friedrich Meister zehn Jahre lang durch alle Meere. Dabei lernte er fremde Länder und Völker kennen. Er bereiste China, Siam, Japan und den Südsee-Archipel bis zur Küste von Neu-Guinea und nördlich davon, die Philippinen. Er war in Westindien, Nord- und Südamerika, England, Italien und Griechenland. Er sah die »Sultansstadt am Goldenen Horn«, das heutige Istanbul, und die Westküsten des Schwarzen Meeres. In Japan erkrankte er an einem Augenleiden, das ihn schließlich dazu zwang, den Seemannsberuf aufzugeben. An Land wusste er zunächst nicht, wovon er leben sollte. Er versuchte dies und das und gelangte schließlich zur Schriftstellerei.

Aus dem Vorwort von ‚Burenblut'

Lilly Willigerod.

Lilly Willigerod wurde wohl 1841 als Tochter eines höheren Beamten in Verden bei Hannover geboren. Sie verlor früh ihre Eltern und erlebte eine Kindheit, die von Krankheit und Entbehrungen geprägt war. In England begann sie für einen Verlag englische Jugendbücher zu übersetzen. Später arbeitete sie in Tirol und schließlich in Meran. Sie starb 1913 in Bozen in Südtirol.

Inhaltsverzeichnis.

Erstes Kapitel.

Auf Helgoland.

»Wo mag nur Erich heute wieder so lange bleiben, lieber Wilhelm«, sagte Frau Doktor Walder, als sie an einem stürmischen Novemberabend in das Studierzimmer ihres Gatten trat, und mit besorgtem Ausdruck auf dem lieben, milden Antlitz durch die Fenster auf das Unterland der Helgoländer Felseninsel und die weite, tief unten brüllende Nordsee blickte.

»Ängstigst du dich wieder um deinen wilden Jungen, Mamachen?«, erwiderte der Doktor, sein Buch niederlegend, und umschlang liebreich die zarte Gestalt, »er ist ja schon zwölf Jahre alt und kommt nicht mehr so leicht zu Schaden. Was sollte ihm denn auch passieren, auf das Meer fährt er nicht wieder ohne meine Erlaubnis im kleinen Ruderboot hinaus, seit ich ihm das streng verboten habe, denn wenn auch unternehmend und waghalsig, ist er doch stets ein braver, gehorsamer Sohn. Wahrscheinlich wird er auf der Heimkehr von seinen englischen Stunden im Haus des Gouverneurs am Falm bei den Fischern stehengeblieben sein, die in der Dämmerung, als ich vorüberging, zu Dutzenden ein Schiff in der Ferne beobachteten, das von den hochgehenden Wogen hin und her geworfen, den Eingang der Elbe zu erreichen suchte und in großer Gefahr war, den bösen Seehundsklippen zu nahe zu kommen, auf denen schon so mancher stolze Dreimaster zerschellt wurde.«

»Gott bewahre die arme Besatzung!«, rief Frau Walder erbleichend, »lieber Mann, wie beunruhigt mich Erichs täglich zunehmende Vorliebe für das Meer und sein heißer Wunsch, einmal Seemann zu werden!«

»Das musst du überwinden, liebes Kind,« sagte der Doktor freundlich, aber mit ernsterem Ausdruck auf seinen gütigen, männlich schönen Zügen, »ich habe dir ja oft gesagt, dass es mir auch nicht lieb wäre, wenn er sich diesen Beruf wählen würde, aber wir dürfen es ihm nicht verbieten, wenn er wirklich einmal ernstlich darauf bestehen sollte. Ich möchte ihn am liebsten zu einem tüchtigen Arzt erziehen, als solcher kann er ja auch, wie ich in meiner Jugend, als Reisebegleiter eines Fürsten oder eines anderen reichen Herrn, auch als Schiffsdoktor die weite Welt kennenlernen.«

»Ja, von seinem Papa hat er diese unbezwingliche Reiselust offenbar geerbt«, sagte sie lächelnd, »und ich habe auch gewiss nichts dagegen einzuwenden, nur möchte ich nicht, dass er Seemann wird, und ein so ruheloses Leben voll steter Gefahren, immer in weiter Entfernung von uns, führt. Dazu der harte Anfang für so einen armen Schiffsjungen, der auf deutschen Fahrzeugen, wie ich gehört, mehrere Jahre von den Matrosen manchmal geradezu misshandelt und zu den gröbsten Arbeiten angestellt wird. Aber ich hoffe, dass seine heiße Liebe zum Vaterland und die Rückkehr in die Heimat seiner Eltern, wo er geboren und die ersten Kinderjahre so glücklich verlebte, ihn bald wieder auf andere Gedanken bringt. Das allein tröstet mich etwas bei der Aussicht auf die bevorstehende Trennung.«

In diesem Augenblick wurde die Tür aufgerissen, und der Gegenstand der mütterlichen Sorge, ein frischer, fröhlicher Bursche mit strahlenden, blauen Augen und dunkellockigem Haar, stürmte herein, übergab dem Vater einige Briefe und Zeitungen, die die Postschaluppe mitgebracht und ihm vom Boten am Falm übergeben waren, und dann erzählte er der Mutter die Erlebnisse der letzten Stunden. Mit freudiger Teilnahme hörte sie ihm zu, alle vorhergegangene Sorge war vergessen, erkannte doch das Mutterherz mit Stolz und Wonne, dass ihr Erich nicht allein ein schöner, kluger, sondern auch ein braver, gutmütiger Junge sei. Wie feurig schilderte er ihr seine Angst um die Menschen auf dem gefährdeten Schiff, und seine Freude, als die erfahrenen Fischer am Falm, die dasselbe durch ihre Fernrohre beobachteten, ihm endlich versicherten, dass es nach hartem Kampf mit Sturm und Wogen, den Seehundsklippen entgangen, und in das richtige Fahrwasser zum Elbeingange gelenkt sei.

Doktor Walder hatte indessen seine Briefe gelesen, und das vierte Glied der Familie, die kleine, liebliche, blondlockige Helga sprang herein, um das fertige Abendessen anzumelden.

Ja es war eine sehr glückliche Familie, die das idyllische Schweizerhäuschen bewohnte, das mit umlaufenden Galerien hart am Felsenabhange auf dem Oberlande von Helgoland erbaut war.

Doktor Walder und seine bedeutend jüngere Gattin waren in dem grünen Harzgebirge geboren, und als Sohn eines unbegüterten Arztes, in der armen Bergstadt Klausthal, hatte er in seiner Jugend hart gearbeitet und mit den Sorgen des Lebens gekämpft, um seine Studien zu vollenden. Wohlwollende Beschützer hatten dann den tüchtigen jungen Doktor einem reichen Bremer Kaufherrn als Reisebegleiter für dessen einzigen Sohn empfohlen, mit dem er die weite Welt durchfahren, und als er nach Jahren heimkehrte, unterstützte er seinen alten Vater in dessen Praxis. Arme Bergleute und ihre Familien waren seine Patienten, und seine Einnahme reichte lange nicht aus, um sich einen eigenen Herd zu gründen. So wurde er über vierzig Jahre alt, bis er imstande war, die zarte liebliche Tochter des Predigers in einem benachbarten Dorf als Gattin heimzuführen. Leider wurde sie nach einigen Jahren sehr kränklich; ihr Halsleiden machte ihm viele Sorgen, und dankbar nahm er deshalb die Einladung seines alten Onkels an, der als unverheirateter Arzt seit vielen Jahren auf Helgoland lebte und ihn aufforderte, mit der jungen Frau und ihrem kleinen dreijährigen Sohne Erich für den ganzen Sommer auf die idyllische Nordseeinsel zu kommen und ihn, da er nachgerade alt werde, in der Badezeit bei der Behandlung seiner Patienten zu unterstützen. Mutter und Kind erholten sich in der frischen, stärkenden Seeluft wunderbar; mehrere Sommer wurde der Aufenthalt dort wiederholt. Erich war der Liebling des alten Onkels geworden, und als ihm in seinem sechsten Jahr auf Helgoland zu seiner großen Freude ein kleines Schwesterchen geschenkt wurde, die der Insel zuliebe den Namen Helga erhielt, da war das Glück der Familie vollkommen.

Der Onkel hätte sie gern das ganze Jahr über bei sich behalten, aber dazu konnte sich Doktor Walder nicht entschließen, teils weil er seine Heimat nicht ganz verlassen mochte, um für immer auf einer zu England gehörenden Insel zu leben, besonders aber, weil sein alter Vater anfing, sehr schwach zu werden, und in dem rauen Harzwinter seine Patienten nicht ohne Beistand behandeln konnte.

Als Erich zehn Jahre alt war, traf die Familie binnen sechs Monaten ein doppelter Verlust, der alte Doktor Walder starb im Frühjahr, und sein Sohn war gezwungen, alle Patienten einem jungen Kollegen zu überlassen, da ein Brief aus Helgoland ihm meldete, dass auch sein alter Onkel erkrankt sei. Da kein zweiter Arzt dort war, musste er sofort, früher als gewöhnlich, mit seiner Familie auf die Insel reisen, um ihn zu pflegen. Er erkannte bald, dass er ihn in nicht ferner Zeit verlieren würde. Wohl erholte sich der alte Herr noch so weit, dass er das Bett verlassen, und sich den Sommer über auf der Altane und im hübschen Gärtchen an den fröhlichen Kindern erfreuen konnte, aber beim Eintritt der rauen Herbstwinde fühlte er sein Ende nahe und bat den Neffen dringend, nun ganz auf Helgoland zu bleiben, er wolle ihm dann nicht allein seine Patienten, sondern auch sein hübsches Schweizerhaus mit der ganzen Einrichtung als Erbteil hinterlassen. Doktor Walder kämpfte einen schweren Kampf, es wurde ihm nicht leicht, seine heißgeliebten grünen Berge für immer aufzugeben – und dennoch – ein Blick auf das zarte Antlitz der Gattin und ihr Ebenbild, die kleine Helga, die Überzeugung, dass die nun jahrelang gewohnte Seeluft ihrer Gesundheit notwendig sei, half ihm, seine eigenen Wünsche zu unterdrücken. Er willigte ein, der Onkel machte sein Testament, setzte ihn zum Haupterben ein, bestimmte ihm sein Haus und den übrigen Verwandten nur ein kleines erspartes Kapital. Es war dem alten Herrn eine große Freude, dass der Neffe, den er hochschätzte, fortan alle seine Pflichten übernehmen und die kleine Familie, die ihm sein Alter verschönt hatte, nun stets in seinem lieben, selbst erbauten Häuschen leben würde. Wenige Wochen nach diesen Bestimmungen wurde der Greis auf dem kleinen Friedhof zur letzten Ruhe bestattet, tief betrauert, nicht nur von Doktor Walder und den Seinigen, sondern von allen Helgoländern, die er ebenso sehr geliebt wie die einsame Felseninsel inmitten der wilden Nordsee, auf der er fünfzig Jahre gelebt hatte.

Ja, Helgoland hat einen eigentümlich fesselnden Reiz für alle, die einmal die frische, stärkende Seeluft, das ungezwungene Leben daselbst genossen haben, das beweisen die Tausende von Badegästen, die alljährlich dort Erholung suchen. Niemand vergisst jemals den wunderbaren Anblick, wenn man mit dem Dampfschiff von Bremerhaven oder Hamburg kommend, zum ersten Mal diesen schroffen, viel zerklüfteten, sechsundsechzig Meter hohen Felsen inmitten der unermesslichen Wasserfläche erblickt, der von wilder Brandung umtost, mehr und mehr abbröckelt, und sicher einst einmal ganz von der brausenden Nordsee verschlungen wird.

Unzählige Seemöwen und andere hellfarbige Vögel nisten auf den roten Klippen, und flattern in großen Schwärmen über den blaugrünen Wogen hin und her oder setzen sich auf die gewaltigen, phantastisch gestalteten Felskolosse, die vor den anderen Klippen weit vorspringen, oder wie der sogenannte »Mönch«, »die Kanzel«, »der Pastor«, im Lauf der Jahrtausende ganz von der Insel losgerissen sind.

Am besten sieht man die seltsamen Formen der Felsenriffe, die tiefen unheimlichen Grottentore – von den Insulanern »Gatte« genannt – bei einer Rundfahrt um die ganze Insel, wie die Badegäste sie besonders gern bei Meerleuchten und Vollmondschein unternehmen, oder bei der alljährlich einige Mal veranstalteten bengalischen Beleuchtung dieser Grotten. Solch einen Anblick vergisst man nie im Leben, ebenso wenig wie den Sonnenuntergang auf der nordwestlichen Endklippe des Oberlandes. Wohl nirgends ist derselbe so erhaben schön wie hier, wo man eben nichts sieht als das unermessliche Meer, das purpurn und goldig gefärbt erscheint, unter den letzten Strahlen der Abendsonne, die dann langsam wie eine große feurige Kugel in der Ferne versinkt.

Selbst der redseligste Zuschauer verstummt bei diesem Anblick und tritt, in ernste Gedanken versunken, den Heimweg an durch die sogenannte Kartoffelallee, besucht aber zuvor die nicht weit von der Nordspitze errichtete Nebelsignalstation, die die vorüberfahrenden Schiffe durch alle zehn Minuten abgefeuerte Knallraketen bei Nebel vor der Nähe der gefährlichen Riffe vor Helgoland warnt. Mancher Schiffbruch ist schon durch diese segensreiche Einrichtung verhütet worden, ebenso durch den achtzehn Meter hohen, auf dem Oberland erbauten Leuchtturm, dessen strahlendes, von einer sechsdochtigen Lampe mit Spiegelreflektoren gespendetes Licht, auf zwanzig Seemeilen Entfernung zu sehen ist. Nahe dabei liegt der alte, von den Hamburgern im Jahr 1670 erbaute Leuchtturm, jetzt nur noch als Signalstation für die Schiffer verwendet, auf dessen umlaufenden Ruhebänken die fremden Kurgäste gern die wundervolle Rundsicht auf den unermesslich weiten Wasserspiegel genießen.

In dem Hügel, auf dem das alte Gebäude steht, fand man Urnen und Gebeine, ebenfalls im sogenannten »Moderberg« nahe der Südspitze, wo die Kanonen aufgestellt sind. Ein gut erhaltenes männliches Skelett von zwei Gipsplatten umschlossen, wurde dort ausgegraben, nebst einer Bronzewaffe und zwei goldenen Spiralringen, die im Museum von Kopenhagen aufbewahrt werden. Sachverständige hielten das Grab für etwa tausend Jahre alt, und man nimmt an, dass es die Überreste des Friesenkönigs Radbod enthielt, der zu jener Zeit auf der Insel lebte.

Von der Südspitze gelangt man in die Hauptstraße des Oberlandes, die sich hart am Felsenabhang, mit einer Mauer versehen, die ganze Ostseite entlang zieht, dort sind die besten Logierhäuser mit gar herrlicher Aussicht auf das Unterland und weit hinaus über die Dünen und das Meer. Von früh bis spät stehen hier »am Falm« die älteren Schiffer und Lotsen, mit der kurzen Pfeife im Munde, und spähen unverwandt nach fernen Segeln und Schiffen in Not und Gefahr, denen dann die von der Gesellschaft zur Rettung Schiffbrüchiger angestellte

Küstenwache mit ihren vorzüglichen Rettungsapparaten trotz Sturm und Wogengebrüll zur Hilfe eilt, denn die Helgoländer Schiffer trotzen mutig jeder Gefahr. Sie sind überhaupt biedere, prächtige Menschen, groß und kräftig gebaut, aber von ernstem Wesen, und haben sich fast alle auf ihren weiten Reisen als Seefahrer und im Verkehr mit den vielen Fremden, die die Insel besuchen, eine gewisse Bildung und Menschenkenntnis erworben. Verbrechen sind bei ihnen unerhört, und es hat noch nie ein Gefängnis auf Helgoland existiert. Sie sprechen einen friesischen, für die Badegäste schwer verständlichen Dialekt, aber Gottesdienst und Schule finden in deutscher Sprache statt. Die etwa 2300 Einwohner hängen alle sehr an den Sitten und Gebräuchen ihrer Vorfahren, nur die kleidsame Nationaltracht ist bei der jüngeren Generation durch den Fremdenverkehr sehr verdrängt worden. Den »Peik«, das ist der kleidsame scharlachrote Rock unten mit breitem Bande besetzt, sieht man nur noch bei den alten Frauen, die eine lange schwarze Schürze und den schwarzen, vor der Sonne schützenden Helgoländer Hut mit auf den Rücken herabfallendem Zipfel dazu tragen. Sie sind ein sehr tanzlustiges Volk, und viele Kurgäste besuchen weit lieber die Tanzlokale »Im grünen Wasser« und »Zur Meereswoge«, wo sie die hübschen, schlanken Insulanerinnen mit den jungen Fischern tanzen sehen, als die Bälle im großen Saale des Konversationshauses, der achthundert Personen fassen kann. Derselbe befindet sich im Unterland, das durch eine 190 Stufen hohe, sehr breite, mit Ruhebänken versehene Treppe mit der oberen Stadt verbunden ist; außerdem besteht seit 1885 ein durch Dampfmaschine betriebener Personenaufzug, dessen zwei Fahrstühle je 20 Personen fassen. Das ist jedenfalls für die Fremden eine bequemere Beförderung, als die bei brennender Sonne sehr beschwerliche, schattenlose Treppe, die früher bei der Rückkehr vom Bad mittags und dann wieder abends zu den verschiedenen Vergnügungslokalen doch gar zu anstrengend war, denn auch das sehr elegant eingerichtete Theater, sowie Leihbibliothek, Lesesäle und Kaufläden befinden sich im Unterland, während die meisten Fremdenwohnungen oben sind.

Als Erich Walder erfuhr, dass er fortan immer auf Helgoland bleiben müsse, nicht mehr wie sonst im Herbst in die grünen Tannenwälder des Harzes zurückkehren sollte, war er tief betrübt; er liebte wohl sehr die hohe Felseninsel, und vor allem das weite, wogende Meer, aber sein Heimatland ging ihm doch über alles, dazu die Schulkameraden in der teuren Vaterstadt in den Bergen, und sein geliebter Klassenlehrer Dr. Bucher, der es so meisterhaft verstand, seine Schüler in der Weltgeschichte zu unterrichten. Sie alle sollte er nun verlieren! Das war die erste schwere Prüfung in seinem jungen Leben, und der sonst so heitere Knabe war für mehrere Wochen völlig niedergeschlagen und in sich gekehrt. Seine Eltern boten alles auf, um ihn zu zerstreuen, ihm die neue bleibende Heimat angenehm zu machen und waren sehr erfreut, als der alte kinderlose Gouverneur gerade um diese Zeit seinen Abschied nahm, und die englische Regierung seine Stelle einem Offizier übergab, der früher lange in Indien gedient hatte, und seine jungen Töchter und zwei Söhne in Erichs Alter nun aus dem englischen Institut nahm, und mit nach Helgoland brachte. Er hielt denselben einen englischen Hauslehrer, und als sich bald eine warme Freundschaft zwischen den beiden Familien entspann, wurde vereinbart, dass Erich den Unterricht mit den beiden Knaben des Gouverneurs und dem einzigen Sohne des zweiten Predigers, der sie Weltgeschichte, Geographie und andere Wissenschaften lehrte, sowie die englischen Sprechstunden bei dem Erzieher teilen sollte. Er lernte nun ebenso fleißig als früher in der Klausthaler Schule, gewann seine neuen Kameraden lieb, und sein alter Frohsinn kehrte bald zurück. Der frische und dabei so gutherzige Sohn des allgeehrten Doktors wurde nach und nach der Liebling aller Inselbewohner, und besonders ein alter biederer Seemann, der nach langjähriger Abwesenheit vor kurzem mit einem kleinen, fremden, sechsjährigen Mädchen, das er bei einem Schiffbruch rettete, auf die heimatliche Insel zurückgekehrt war, wurde Erichs bester Freund. Die Frau desselben hatte nach dem Tod ihres einzigen Kindes, das einsame Leben bei der steten Abwesenheit ihres Mannes nicht aushalten können, und deshalb im Unterland am Fuße der Treppe ein kleines Handelsgeschäft mit gemischten Waren angefangen, das sehr gut ging und sich immer mehr vergrößerte. Sie lieferte besonders den Frauen Kleidungsstücke und andere notwendige Artikel für die Haushaltung, den fremden Kurgästen hübsche Kleinigkeiten und Andenken an die Insel, aus Muscheln verfertigt, und alle unterhielten sich gern mit der klugen, freundlichen Frau, die bald für Erich und seine kleine Schwester Helga eine große Vorliebe fasste. Frau Doktor Walder kam selten ins Unterland, schickte meistens die Kinder hinab, um bei Frau Hamke ihre Einkäufe zu besorgen, die an Sonntagen auf dem Kirchwege häufig im Doktorhaus vorsprach, um nachzufragen, ob etwas Besonderes notwendig sei, das sie durch die Postschaluppe von Hamburg mitbringen lassen wolle.

Als nun ihr Gatte nach langjährigen Irrfahrten in fremden Meeren und Ländern endlich zu ihrer großen Freude zurückgekehrt war, und ihr noch dazu ein kleines

Pflegetöchterchen mitgebracht hatte, meldete sie dies frohe Ereignis gleich dem auf dem Weg zur Post vorbeigehenden Erich, und gern versprach er ihrer Einladung, am nächsten Sonntag auf einige Abendstunden zu kommen, Folge zu leisten. Es war ihm zu interessant, die kleine Marie zu sehen, den alten Hochbootsmann oder Quartermeister kennen zu lernen und aus seinem Mund die wunderbare Geschichte ihrer Rettung zu hören, die mit vielen Zusätzen auf der ganzen Insel besprochen wurde.

Zweites Kapitel.

Mariens Rettung.

Am kalten, stürmischen Sonntagnachmittag hatte Erich für den Papa Briefe auf die Post zu tragen, die die Schaluppe am anderen Morgen mit nach Cuxhaven nehmen sollte; der kurze Wintertag neigte sich bereits zu Ende, und Erich bat die Mama, sich nicht um ihn zu ängstigen, wenn er lange fortbleibe, da ihm heute der alte Hamke sein letztes Abenteuer erzählen wolle.

Der biedere Seemann hatte sich gerade sein Pfeifchen gestopft, die Gattin ihm ein warmes Glas Grog bereitet, und die kleine Marie saß hochbeglückt durch eine wunderschöne Puppe mit langen Flechten – das erste Geschenk der neuen Pflegemutter – auf seinen Knien und bewunderte ihr herrliches Spielzeug, als Erich, die Schneeflocken abschüttelnd, eintrat.

»Das ist schön, junger Herr!«, rief der einstige Quartermeister, ihm die Hand schüttelnd, »recht schön von Ihnen, dass Sie den zweiten Robinson Crusoe gleich einmal aufsuchen, denn wie jener habe ich erst vor kurzem auf einer einsamen Insel im großen Weltmeere gelebt und gelitten, gelt Marie, du hast's erlebt, dich sandte der barmherzige Gott, um den armen Einsiedler zu trösten und wieder mit dem Leben auszusöhnen, den gesunkenen Mut wieder anzufachen.«

Die Kleine verstand wohl trotz ihrer sechs Jahre den Sinn seiner Worte, denn sie legte liebreich den einen Arm um den Hals ihres Lebensretters, während sie mit dem anderen die große Puppe fest umklammert hielt.

»Waren Sie wirklich ganz allein längere Zeit auf einer Insel?«, fragte Erich überrascht, »wie ging denn das zu?«

»Ja, was kann nicht so ein alter Seebär alles erleben, Herr

Erich, davon kann ich Ihnen viele merkwürdige Dinge erzählen; fünfzig Jahre bin ich auf den Wogen umhergeschaukelt und war nicht viel älter als Sie, als der kleine rote Felsen hier, auf dem ich geboren und nun mein Leben beschließen will, mir schon zu enge wurde. Immer trieb es mich hinaus in die Ferne, ich ruhte nicht, bis mein Vater mich jedes Mal auf seiner Schaluppe mit nach Hamburg nahm, wenn er Fische dorthin brachte und Waren für den Winterbedarf auf die Insel holte. Dort bewunderte ich dann nicht die schönen Paläste der reichen Leute, sondern am meisten die großen, stolzen Dreimaster aus allen Weltteilen, die im Hafen vor Anker lagen, und bat und flehte, dass mein Alter mich auf einem solchen als Schiffsjunge anbringen solle. ›Erst deine Schuljahre durchlernen und, wenn du vierzehn Jahre alt bist, dein Glaubensbekenntnis vor unserm Herrgott ablegen‹, gab er mir dann stets zur Antwort, und er hielt Wort und tat recht daran. Ich aber lernte von da an doppelt so fleißig, damit es schnell ginge, und als ich mit guten Zeugnissen aus der Schule entlassen, zum ersten Mal zur heiligen Kommunion gegangen war, da ging mein heißer Wunsch in Erfüllung, der Vater brachte mich nach Hamburg, und auf dem stolzen Schiff *Neptun* trat ich die erste große Reise nach Afrika an. Dreimal habe ich seitdem Schiffbruch erlitten, bin gar oft in Gefahr gewesen, von den Haifischen verschlungen oder von den Kannibalen verzehrt zu werden, aber unser Herrgott kam immer zur rechten Zeit mit seiner Hilfe.«

»Bitte erzählen Sie mir das alles, lieber Herr Hamke, aber zuerst Ihr letztes Abenteuer, wie und wo Sie Marie gerettet haben.«

»Also das Beste zuerst!«, lachte der Quartermeister, »eigentlich heißt das Sprichwort: ›Das Beste zuletzt‹, nun meinetwegen um dieses kleinen Blondkopfs willen, der die Hauptrolle dabei spielt. Gelt Mutter, es sind jetzt ungefähr sechs Jahre her, als ich zuletzt von dir Abschied nahm und du mich nach Hamburg begleitetest, um deine Waren einzukaufen?«

»Ja, sechs lange Jahre, Gott sei's geklagt!«, sagte die gute Frau, »und du hattest mir versprochen, höchstens drei fortzubleiben; was wäre wohl aus mir bei dem einsamen Leben geworden, wenn mir nicht mein Geschäft soviel Arbeit gebracht hätte, über die ich den Kummer und die Sorge um dich mitunter vergaß.«

»Ja, Mutter, du weißt doch, wie es im Seemannsleben hergeht, da kann man nicht über seine Zeit bestimmen, wenn man bald nach dem Norden, bald nach dem fernsten Süden verschlagen wird, und man dann noch dazu acht Monate auf einer einsamen Südseeinsel zubringen muss.«

»Die ersten zwei Jahre blieb ich auf dem Walfischfänger, das hübsche starke Schiff, auf dem du mich damals von Hamburg abfahren sahst, aber das Leben auf demselben, und die schmutzige Arbeit, der stete Trangeruch gefielen mir nicht recht, und ich ging auf die schmucke, große englische Brigg *Meridian* als Quartermeister, dessen braver Kapitän Hudson mir auf den ersten Blick Vertrauen einflößte. Ich habe es auch nie bereut, denn er ist nicht nur ein sehr tüchtiger Seemann, sondern auch gutherzig und menschenfreundlich, so wie ich keinen zuvor gefunden. Die Brigg gehörte zur Hälfte ihm selbst und zur Hälfte einem Reeder in Liverpool, und brachte das kostbare Sandelholz, das Kapitän Hudson auf den Inseln des Stillen Ozeans von den Eingeborenen im Tauschhandel holte, nach China, wo es sehr gesucht und gut bezahlt wird. Drei Jahre war ich mit ihm ungefähr gefahren, da hörten wir eines

Tages von dem Holzhändler einer großen, von gefährlichen Felsenriffen und Sandbänken umgebenen Insel, der zu uns an Bord kam, dass tags zuvor in der Nähe eine englische Brigg verunglückt sei. Der hartherzige Mensch hatte sich aber nicht die Mühe gegeben, seine Leute auszuschicken, um nach den armen schiffbrüchigen Seeleuten zu suchen, trotzdem er wusste, dass die Inseln in der Nähe von heimtückischen Wilden bewohnt sind, die im Verdacht stehen, Kannibalen zu sein. Mein hochherziger Kapitän wagte freilich nicht, unsere Brigg den gefährlichen Riffen zu nahe zu bringen, aber er befahl mir, sofort unser größtes Boot zu bemannen und herabzulassen, das er dann selbst mit mir bestieg. Wir nahmen Lebensmittel und auch Waffen mit für den Fall, dass wir von den Eingeborenen angegriffen würden, und ruderten sofort in die Richtung, wo das Schiff gestrandet war. Bald fanden wir dasselbe als völliges Wrack, mit gebrochenen Masten und ganz auf der Seite liegend, und waren überzeugt, dass die Besatzung von den hochgehenden Wellen hinweggespült, wohl teilweise ertrunken sei. Obwohl wenig Aussicht, noch einige der Unglücklichen zu finden, versuchten wir es natürlich doch und ruderten in die Bucht, wo schon zahllose Schiffstrümmer angetrieben waren; der Kapitän ließ eine Wache zurück, und führte uns dann durch die Klippen quer über die felsige, dicht bewachsene Insel; da sahen wir von der entgegengesetzten Seite ein Boot rasch heranrudern. Für den Fall, dass es von Eingeborenen bemannt war, mit denen wir nicht gern in Konflikt kommen wollten, verbargen wir uns schnell hinter dichtem Gebüsch, hörten aber bald darauf das Geschrei eines Kindes, den Ruf: ›Rette mich, Mutter, rette mich!‹ Schnell stürzten wir aus unserm Versteck und kamen gerade zur rechten Zeit, um eine arme weiße Frau, die ihren fünfjährigen

Knaben umschlungen hielt, und in ihrer Todesangst auf die Knie gesunken war, von den Wilden, die sie gepackt hatten, zu befreien. Ein Schuss aus meinem Revolver traf den Anführer in den Arm, und mit wüstem Geschrei liefen alle, als sie unsere bewaffneten Matrosen erblickten, zum Strand in ihr Boot zurück. In diesem Augenblick kamen auf den Lärm von einer anderen Seite noch sechs schiffbrüchige Engländer, die uns erzählten, dass sie abends zuvor nebst der Frau des ertrunkenen Kapitäns und ihrem Kind von den Wellen ans Land getrieben seien.

Wie glücklich waren sie und auch wir über diese unverhoffte Rettung, denn ohne unsere Ankunft wären die armen erschöpften Menschen, die seit langem ohne alle Nahrung und ohne Waffen waren, sicher den Wilden in die Hände gefallen, die auf all diesen Inseln für sehr schlimme Kannibalen gehalten werden.

Wir führten sie nun eiligst zu unserem großen Boot, erquickten sie mit Speise und Trank, und kehrten dann mit ihnen zu unserer Brigg zurück, wo sie uns ihre Schicksale erzählen mussten. Die arme junge Frau war offenbar sehr krank und ihr Herz fast gebrochen über den jähen, schrecklichen Tod ihres Mannes, der sie in der höchsten Gefahr mit ihrem Knaben an den gebrochenen Mast gebunden hatte, mit dem sie an den Strand getrieben waren und erst am folgenden Morgen von den Matrosen, die durch Schwimmen die Küste erreichten, losgebunden wurden.

Unser braver Kapitän tat zu ihrer Pflege alles, was möglich war; ehe wir weitersegelten, sandte er noch ein Boot ab, um das Wrack aufzusuchen und wenn möglich, noch einiges von dem Eigentum der Unglücklichen zu retten. Wie froh waren wir, als die Leute mit mehreren Kisten zurückkamen, worin nicht nur

Geld und Wertpapiere, sondern auch Kleider und Wäsche für sie und ihren Knaben verpackt waren, sie selber schien völlig teilnahmslos, bekam ein heftiges Fieber und Gelenkrheumatismus, und Kapitän Hudson beschloss, sie so rasch als möglich in die Behandlung eines Arztes nach Valparaíso und von da nach England zu ihren noch lebenden Eltern, wenn es möglich war, zu bringen, da er ohnedies Sehnsucht nach seiner eigenen Familie in Liverpool hatte.

Als er mir dies eines Morgens mitteilte, befanden wir uns gerade in der Nähe einer mir bekannten, ganz unbewohnten kleinen Insel, die ich früher mehrmals mit Kameraden besucht und mich stets sehr über die schattigen Bäume und Früchte gefreut hatte. Wir bemerkten dabei, dass Seehunde in großen Scharen gegen Abend an den Strand zu kommen pflegten, und hatten damals große Lust, einige Zeit dort zu bleiben, um die Tiere zu erlegen, deren Felle man in England so gut bezahlt, weil sie zu den kostbaren Pelzmänteln der reichen Damen verwendet werden. Aber ich konnte zu jener Zeit, in der ich noch sehr jung war, die Erlaubnis des Kapitäns nicht erhalten; jetzt wandelte mich wieder die Lust an, einige Monate auf der herrlich grünen Insel zu leben, und mir für die alten Tage, wo das Seemannsleben doch zu anstrengend wird, durch den Seehundsfang ein hübsches Sümmchen zu verdienen, da ich durch einen Schiffbruch einige Jahre früher alle Ersparnisse verloren hatte, und nicht mit leeren Händen zu meiner Frau zurückkehren mochte. Durch die aufgenommenen sechs Seeleute, unter denen einer schon lange Bootsmann gewesen, war unsere Besatzung auf dem *Meridian* überzählig, ich konnte gut entbehrt werden, und da drei Kameraden große Lust hatten, an meinem Unternehmen teilzunehmen, sprach ich mit unserm freundlichen Kapitän über den Plan. Er hatte nichts dagegen einzuwenden, sah auch ein, dass ich nachgerade in dem Alter war, um mich zur Ruhe zu setzen, und dass ich durch den Gewinn vieler Seehundsfelle Aussicht auf einen reichen Verdienst hatte. So versprach er uns denn nach etwa vier bis fünf Monaten, falls ihn kein Unglück träfe, zurückzukehren, um uns von der Insel abzuholen, und gab uns bereitwillig ein Boot, Proviant, Werkzeuge und Segeltuch zum Bau eines Zeltes und einer Hütte, sowie große Fässer mit Trinkwasser und Salz, und einen kleinen eisernen Kochofen mit dem nötigen Geschirr, auch leere Kübel, in denen wir das gewonnene Öl und Fleisch der fetten Seehunde aufheben konnten. Auch mit zwei Laternen und Feuerzeug hatten wir uns versehen, so fehlte uns nichts, und nachdem ich die letzten fünf Jahre immer auf dem Wasser zugebracht, selten festen Boden unter den Füßen gehabt hatte, hoffte ich nun auf der reizenden Insel in dem gesunden Klima einmal ein recht angenehmes, sorgloses Leben mit den Kameraden zu führen und noch dazu auf leichte Weise viel Geld zu verdienen.

Aber Sie wissen wohl, junger Herr, der Mensch denkt, und Gott lenkt; wie bald bereute ich meinen Schritt, als eine schwere Zeit für mich kam. Schon in dem Augenblick, als der *Meridian* die Anker gelichtet und ich seine Segel in der Ferne verschwinden sah, überkam mich ein mir unbegreifliches, trauriges Gefühl – wie eine böse Ahnung von kommendem Unheil. Ich kämpfte dagegen an mit aller Willenskraft, zu ändern war nun nichts mehr, und da fleißige Arbeit am besten die Grillen vertreibt, machte ich mich schnell mit den drei Leuten ans Werk, um zuerst ein Zelt aufzuschlagen, dann Holz zu fällen und zu sägen, um unsere Hütte damit zu bauen. Nach wenigen Tagen waren wir hiermit fertig; unter den Kameraden war ein Zimmermann und ein Tischler, die ihr Handwerk gut verstanden, sie verfertigten Tische und Bänke, sowie erhöhte Lagerstätten für unsere Matratzen und Decken; der Kochofen stand in der Mitte, so war unsere geräumige Wohnung bald ganz gemütlich. Der dritte Gefährte war Schiffskoch gewesen, er sorgte für unsere Mahlzeiten, kochte das Fleisch der erlegten Seehunde, das freilich gerade kein Leckerbissen war, aber man gewöhnte sich daran, auch sorgte unser Fischfang für Abwechslung, und da wir mehrere Tonnen Mehl vom braven Kapitän Hudson erhalten hatten, bereitete der Koch recht gute Speisen, und selbst das Brotbacken gelang ihm in dem guten Ofen vortrefflich. Wir gruben auch einen Keller für unsere Vorräte und einen Wasserbehälter, um das Regenwasser darin aufzufangen, denn eine Quelle gab es leider nicht auf der Insel. So gingen die ersten vierzehn Tage recht schnell und gut vorüber, und nun mussten wir mit größerem Eifer als bisher an die Seehundsjagd gehen; die Tiere kamen meistens gegen Abend und frühmorgens in großen Scharen an den Strand, wie sie es seit vielen Jahren ungestört so gewohnt waren, wir brauchten sie nur zu töten und dann Fell und Fleisch zu verarbeiten, das Fett zu Brennöl auszukochen.

Aber sehr bald gingen die ersten Sorgen für mich dadurch an, dass meine Kameraden schon nach kurzer Zeit dieser Arbeit überdrüssig wurden, sie mochten viel lieber in unserm Boot umherkreuzen und Fische fangen, mehr als wir brauchten. Sie waren eben noch jung, kannten den Wert des Geldes, die Sorge für das Alter gar nicht, und alle meine Vorstellungen waren vergebens, was dann anfangs Anlass zu kleinen Streitigkeiten zwischen uns gab. Da ich aber ein sehr friedliebender, nachgiebiger Mensch bin, ließ ich sie endlich ihre Wege gehen, und ich ging die meinigen und arbeitete allein, warnte sie nur immer, sich in dem kleinen Boot nicht zu weit von der Küste zu entfernen.

Ich alter, erfahrener Quartermeister kannte ja besser als sie die Gefahr, wenn in diesen Gegenden ein Sturm mit furchtbar zerstörender Gewalt losbricht, aber die Jugend glaubt leider nicht immer dem Alter und befolgt nicht immer guten Rat. So sah ich denn eines Tages mit Schrecken, dass die Kameraden sich sehr weit aufs Meer hinausgewagt hatten, die tiefe Windstille hatte sie dazu verleitet, und sie bemerkten sicher nicht wie ich die kleine Unheil drohende Wolke am fernen Horizont, die sich immer weiter ausbreitete, und mit großer Schnelligkeit näher kam und die Sonne verdunkelte.

Mit großer Angst beobachtete ich ihr jetzt aufgezogenes Segel in der Ferne und betete zu unserm Herrgott, er möge sie noch die Bucht erreichen lassen, ehe das Unwetter losbrach, aber in jenen Zonen geht es gar schnell. Sie glauben gar nicht, junger Herr, was es heißt um so einen Tornado, er dauert nicht lange, aber er ist desto furchtbarer, und wehe den kleinen Fahrzeugen, die er ergreift und umherschleudert wie einen Spielball. So wartete und betete ich denn vergebens, unser Herrgott hatte den Untergang meiner armen Gefährten beschlossen.

Als die Nacht hereinbrach und der Sturm vorüber war, zündete ich auf dem höchsten Hügel der Insel ein großes Feuer an, das ihnen als Wegweiser dienen konnte, falls sie noch am Leben waren. Ich unterhielt dasselbe die ganze Nacht hindurch und fachte es zu großer feuriger Lohe an, und als dann der neue Morgen mit völliger Windstille und blauem Himmel anbrach, spähte ich mit dem Fernrohr wieder nach ihnen aus. Aber kein fernes Segel, kein Boot war zu entdecken, dann tröstete ich mich noch mit der leisen Hoffnung, dass sie vielleicht aus einer benachbarten kleinen Insel Schutz vor dem

Sturme gesucht und endlich zurückkehren würden, aber ich hoffte vergebens und wusste nun, dass sie durch ihren Leichtsinn, ihre Waghalsigkeit, ihr junges Leben eingebüßt hatten, und dass ich fortan allein, ganz allein auf der Insel weiterleben musste, bis Kapitän Hudson mit dem *Meridian* vielleicht erst in vier Monaten zurückkehren würde, um mich zu erlösen.«

Die armen Kameraden, ich bedauerte sie sehr, bedauerte mein eigenes schweres Los, aber was half's, ich musste es tragen, musste auf unseren Herrgott hoffen und bauen, der vielleicht bald ein anderes Schiff vorüberführen würde, das mich mitnehmen könnte. Dieser Gedanke rüttelte mich endlich aus meinem dumpfen Hinbrüten, und ich machte mich schnell ans Werk, um an einer hohen Stange auf der Spitze des Hügels ein Stück Segeltuch als Notflagge zu befestigen. Dann ging ich wieder an meine gewöhnliche Beschäftigung, machte mir eine tägliche Arbeitseinteilung, las zuerst jeden Morgen ein Kapitel in der Bibel, wie ich das von meiner Kindheit an gewohnt bin, machte dann in einen großen Stock *einen* Einschnitt und am Sonntag *zwei*, um die Zeit zu berechnen. Wir hatten leider vergessen, vom *Meridian* einen Kalender und Papier und Tinte mitzunehmen; dann ging ich auf die Seehundsjagd, richtete nachher Fell und Fleisch her und bereitete zwischendurch meine Mahlzeiten. So vergingen doch drei Monate – wenn auch einsam und in oft schrecklich trüber Stimmung – weit schneller, als ich gedacht, aber kein einziges Schiff war an der einsamen Insel vorübergefahren, und ich hatte täglich scharf danach ausgespäht.

Eines Abends war ich wie gewöhnlich vor Dunkelwerden mit meinem Fernrohr zur Fahnenstange auf den Hügel gestiegen, von wo ich den weitesten Auslug über den Ozean nach allen Seiten haben konnte und bemerkte, dass da oben eine scharfe Brise durch die Bäume pfiff, sowie alle Anzeichen eines nahen Orkans. Schäumend und brüllend brachen sich die Wogen gegen die felsige Küste der Insel, und der Horizont war im Westen geradezu pechschwarz, ich wollte daher eiligst den Schutz meiner Hütte aufsuchen, da entdeckte ich, mich umdrehend, in weiter Ferne ein großes Segel. Mein Herz klopfte heftig, teils vor Freude, aber auch vor Angst; der *Meridian* konnte es noch nicht sein; würde das fremde Schiff vorübersegeln, oder würde der Kapitän den Kurs zu der Insel einschlagen, um in der Bucht Schutz vor dem Sturme zu suchen, würde er dabei nicht zwischen die gefährlichen Riffe an der Ostküste geraten? Diese sorgenvollen Gedanken kreuzten sich in meinem Kopf, und jedenfalls musste ich ihnen zum Wegweiser an der Westküste ein Leuchtfeuer anzünden. Schnell trug ich alles dazu herbei, und bald blies der Sturm die hellen Flammen empor, die ich stundenlang unterhielt, obgleich ich mich kaum aufrecht halten konnte bei dem gewaltigen Toben des Orkans, aber kein Schiff kam in die Nähe, und überzeugt, dass es nicht den Kurs zu der Insel gesteuert, ging ich nach Mitternacht, als der nun strömende Regen mich bis auf die Haut durchnässt hatte und die Wucht des Tornados sich zu legen anfing, zu meiner Hütte zurück. Nachdem ich meine Kleider gewechselt, und mich müde und tranig auf mein Lager geworfen hatte, schlief ich trotz Wogengebrüll und sorgenvoller Gedanken sehr schnell ein, aber nach einigen Stunden erweckte mich plötzlich ein heftiges Hundegebell. Überrascht und noch nicht klar darüber, ob ich wohl nicht lebhaft geträumt, zündete ich die Laterne an, sah auf meiner Uhr, dass es zwei Uhr morgens war und horchte aufmerksam, aber alles blieb still, und schon wollte ich mich wieder niederlegen, da hörte ich wieder ganz in der Nähe heftiges Bellen, und gleich darauf ein Scharren und Kratzen an meiner Tür. Voll Freude öffnete ich schnell genug, und richtig, da stand ein großer, prächtiger Neufundländer vor mir, blickte mich mit den klugen Augen an, sprang an mir empor, zerrte an meiner Jacke, lief dann wieder zur Tür und schaute sich nach mir um, als ob er sich überzeugen wolle, dass ich ihm folge, und fest überzeugt, dass das kluge Tier mich zu Menschen in großer Gefahr holen wollte, nahm ich meine Laterne und ging mit. Er lief freudig bellend voran, aber nicht nach der Ostseite, wo die Bucht einen sicheren Hafen für große Schiff bildete, sondern quer über die Felsen bergauf und bergab, immer wieder von Zeit zu Zeit stehen bleibend, um nach mir zu sehen, da ich bei meinem Alter und nicht so schnellfüßig wie er, natürlich oft weit zurückblieb.

Endlich hatten wir den Strand erreicht, das Unwetter war ganz vorüber, der Mond brach durch die Wolken, und bei seinem matten Schein erblickte ich in einiger Entfernung zwischen Sandbänken und Klippen ein Schiff ohne Masten, von dessen Deck die Wellen des noch immer aufgeregten Meeres tobend und zischend alles hinwegfegten. Der Hund war ins Wasser gesprungen, und als ich keuchend und erschöpft von dem schnellen nächtlichen Gang über die beschwerlichen Felsen so nahe wie möglich an die wild schäumende Brandung trat, sah ich, wie er an einem langen Stück des zerbrochenen Mastbaumes zerrte, und es mit lautem Gebell an den Strand zu ziehen suchte. Schnell erfasste ich dasselbe und entdeckte zu meinem Schrecken, dass nebst zerfetzten Segelresten ein kleines menschliches Wesen daran befestigt war. Mit verdoppelter Anstrengung und laut klopfendem Herzen hatte ich endlich das arme Kind ans Land gezogen und sah beim Schein der

Laterne, dass die Augen geschlossen und das marmorbleiche Gesichtchen kein Zeichen des Lebens verriet. Ich konnte kaum atmen vor Angst und Aufregung, und schnitt mit zitternden Händen die dicken Taue los, die das anscheinend tote kleine Mädchen an das Holz fesselten.

Selbst jetzt in der Erinnerung an jene angstvollen Stunden atmete der biedere Bootsmann tief und schwer, und blickte liebevoll auf die kleine Heldin seiner Erzählung, die offenbar nicht zuhörend neben dem großen prächtigen Neufundländer am Boden saß, ihm abwechselnd den Kopf streichelte, und die Puppe auf seinem breiten Rücken reiten ließ. Frau Hamke trocknete sich die Augen mit dem Schürzenzipfel, und Erich schüttelte erregt und mit leuchtenden Augen dem braven Retter die Hand.

»War sie lange scheintot?«, fragte er in großer Spannung, während der Alte die Asche aus seiner Tonpfeife klopfte, aus der er von Zeit zu Zeit bei seiner Erzählung einen Zug getan, und seine Gattin ihm ein zweites Glas Grog einschenkte.

»Nicht gar so lange, denn ich nahm sie auf meine Arme und lief mit ihr auf einem kürzeren weniger beschwerlichen Wege zu meiner Hütte, da keine Minute zu verlieren war, um die Belebungsversuche anzustellen. Ich riss ihr die nassen Kleider vom Leib, während der treue Hund immerfort ihre kalten Hände und Arme leckte, dann legte ich sie in mein Bett und wärmte schnell am Ofen, der in jener ziemlich rauen Jahreszeit Tag und Nacht heiß war, ein Flanellhemd, wickelte sie hinein, rieb ihr die Füße und flößte einen Löffel voll Branntwein in ihren kleinen Mund. Auch die Stirn rieb ich ihr damit, kurz ich versuchte alles, was mir für solche Fälle bekannt war, und, Gott sei gedankt, endlich gelang es, ich jubelte laut, als sie die großen braunen Augen aufschlug und mich erschreckt anblickte. ›Fürchte dich nicht, liebes Kind‹, tröstete ich, ›du bist bei einem Freund‹, und als der Hund seine Tatzen auf das Lager legte und ihr Gesicht und Hände leckte, schien sie offenbar etwas beruhigt, denn sie sah nicht mehr so angstvoll zu mir auf, konnte aber offenbar vor Schwäche noch nicht sprechen. Ich wärmte nun schnell etwas Kaffee, den ich sie trinken ließ, aber sie lag doch noch etwa eine Stunde ohne ein Wort zu sagen, schloss abwechselnd die Augen, dann blickte sie wieder scheu umher.

Endlich überredete ich sie, etwas von dem Mehlbrei zu essen, den ich inzwischen gekocht hatte, das arme Ding hatte wahrscheinlich seit dem Mittag zuvor, wo der Sturm zu wüten anfing, nichts genossen, dann all die Angst und Aufregung ausgestanden, und die halbe Nacht bei dem kalten Wetter im Wasser gelegen. Als ich sie im Bett aufgerichtet hatte, musste ich sie mit einer Hand stützen, mit der anderen ihr den Löffel zum Munde führen, so schwach war sie, aber endlich schien die Nahrung und der heiße Kaffee, den ich ihr wiederholt gab, sie doch zu kräftigen, und sie fragte leise, ob ihr Vater und ihre Mutter auch da wären. Als ich das verneinen musste, weinte sie so bitterlich, dass ich es nicht ansehen konnte, ich hatte ein Gefühl, als ob mir etwas die Kehle zuschnürte und mich am Sprechen hinderte.

Die Dämmerung war inzwischen angebrochen, und ich suchte sie damit zu trösten, dass ich, sobald es völlig Tag geworden, fortgehen wolle, um ihre Eltern zu suchen, da weinte sie sich endlich in den Schlaf, und als sie spät am Vormittag erwachte, sah ich zu meiner Freude, dass sie bedeutend kräftiger und völlig außer Gefahr sei. Der Puls ging ruhig und war wieder stärker, sie hat jedenfalls eine starke Natur, denn sie trug nicht einmal eine Erkältung davon, aber gleich wie sie die Augen öffnete, fragte sie wieder nach Mutter und Vater und erzählte mir, dass derselbe Kapitän Winner heiße und aus Hamburg sei, und dass ihr Schiff, der *Abendstern,* von Sturm und Wellen auf die Klippen geworfen sei und ein großes Leck bekommen habe, deshalb hätte der Papa sie an dem gebrochenen Mast festgebunden. Auf das Weitere konnte sie sich nicht besinnen, wahrscheinlich hatte eine Woge sie über Bord geschwemmt und sie dabei das Bewusstsein verloren. Sie wollte dann aufstehen und durchaus mit mir gehen, um die Eltern zu suchen, sank aber viel zu schwach auf das Lager zurück, und ich versprach ihr, bald wiederzukommen und rief den treuen Hund herein, den sie *Karo* nannte, der draußen vor der Tür in der Sonne schlief, und auch von allen Strapazen etwas erschöpft zu sein schien, aber sofort wieder mit dem Schwanz wedelnd zu seiner kleinen Spielgefährtin emporsprang.

Das war ein schwerer Gang für mich, denn bald fand ich zwischen den Klippen und Sandbänken, dicht am Strand, halb vom Wasser bedeckt, drei der schiffbrüchigen Matrosen – als Leichen, der Kapitän und seine Frau waren nirgends zu sehen, sie ruhten wohl sicher auf dem Meeresgrund, denn wenn sie mit dem Leben davongekommen, hätten sie längst sich nach ihrem Kind umgesehen. Ich bestieg den Hügel und spähte mit dem Fernrohr nach einem Boot, aber vergebens und mit schwerem Herzen kehrte ich zu Marie zurück, und suchte sie mit der Hoffnung zu trösten, dass die Eltern vielleicht auf einer benachbarten kleinen Insel gelandet seien und bald kommen würden, um sie zu holen. Sie schüttelte jedoch den Kopf und sagte, dass die starken Wellen, die den ganzen Nachmittag über ihr Schiff geschlagen wären, alle Boote losgerissen und hinweggeschwemmt hätten, und aufs neue begann sie bitterlich zu weinen, bis ich ihr versprach, gleich nach dem Wrack zu gehen, um in der Kajüte nach den Schiffbrüchigen zu suchen.

Ich wusste ja, dass es vergebliche Mühe war, aber ich tat es doch, nachdem ich zuvor eine letzte Ruhestätte für die drei toten Matrosen gegraben hatte. Dann nagelte ich mir von angetriebenen Brettern ein kleines Floß zusammen, mit dem ich leicht das Wrack des *Abendstern* zwischen den Klippen erreichte. Das sehr stark gebaute Schiff war gekentert, lag ganz auf der Seite, und Sturm und Wogen hatten offenbar die Besatzung bald hinweggerissen in das nasse Seemannsgrab, das so viele verschlingt. Mit Mühe gelangte ich in die Kajüte, wo ich eine Menge brauchbarer Sachen, auch Mariens Kleider und des armen Kapitäns Uhr und Wertpapiere fand. Die Ebbe war nun eingetreten, und so war nichts durchnässt, ich nahm deshalb alles mit, was das kleine Floß tragen konnte, und beschloss, sofort ein größeres zusammenzuzimmern, und an den nächsten Tagen stets bei niederem Wasserstand alles von der Ladung des Schiffes an Land zu bringen, was ich erlangen und allein tragen konnte. Ich wusste ja nicht, wie lange ich noch mit dem Kind und dem Hund auf der Insel leben musste und wie viel Proviant ich brauchte, vielleicht konnte es noch Monate oder gar Jahre dauern, falls der *Meridian* und Kapitän Hudson ebenfalls verunglückten und kein anderes Schiff nahe genug kam, um uns zu sehen und mitzunehmen.

Arme Kleine, ich fürchtete die nächste Zeit immer, dass ihr kleines Herz vor Kummer brechen könnte; denn sie sprach fast gar nicht, aß wenig trotz meiner Bitten und fragte nur ab und zu, ob ich wohl glaube, dass Vater und Mutter wiederkommen würden. Als sie endlich kräftiger wurde, suchte ich sie durch Beschäftigung zu zerstreuen, zeigte ihr alle meine Vorräte und sagte ihr, sie müsse nun meine kleine Haushälterin werden und mir beim Kochen helfen. Dies schien ihr sehr zu gefallen, und sie ist ein so geschicktes, kluges Ding, dabei so sanft und liebevoll. Wenn ich des Morgens mein Kapitel aus der Bibel laut vorlas, obgleich sie wohl wenig davon verstand, faltete sie stets ihre kleinen Hände und betete jedes Mal, unser Herrgott möge doch ihre Eltern wiederschicken. Dann half sie mir unser Frühstück kochen, trug dürres Holz herbei, streichelte und fütterte Karo, der ihren Kummer zu begreifen schien, denn er beobachtete sie stets mit seinen treuen Augen, und lag nachts vor ihrem Bett.

Da das Wetter in der nächsten Zeit gut und die See sehr still war, blieb das Wrack des *Abendstern* ohne weiteren Schaden nur bis zur Hälfte vom Wasser bedeckt liegen, und ich fuhr, nachdem ich das Floß bedeutend vergrößert hatte, jeden Tag zweimal hinüber, um alles Brauchbare ans Land zu schaffen. Ich fand viele Lebensmittel, besonders Reis zu meiner Freude, den Marie sehr liebt, auch zahlreiche mir nützliche Gerätschaften, Seekarten, Kompasse, Zimmermannswerkzeuge, alles nahm ich mit und die Kleine – der ich nicht erlaubte, mit zum *Abendstern* hinüberzufahren, weil es sie zu traurig gemacht hätte – half wacker, all die leichteren Sachen zu der Hütte und in unseren Keller zu tragen, selbst Karo packte stets irgend ein Stück mit dem Maul und schleppte es hinter ihr her; da er ein so ungewöhnlich großer, starker Hund ist, banden wir ihm auch mancherlei auf dem Rücken fest, um den Transport der vielen Waren zu erleichtern.

Eines Tages entdeckte ich zu meiner größten Freude unter der Ladung im Schiffsraum die ganz fertig gezimmerten, zerlegten Teile zu einem sehr großen Boot, das wahrscheinlich zum Verkauf in irgend einem Hafen der Südsee bestimmt war, wo sie sich auf den Schiffbau nicht recht verstehen. Sofort beschloss ich, dasselbe fertig zu machen und damit Marie von der Insel zu führen, falls Kapitän Hudson gar zu lange ausblieb.

Wenn ich einmal einen festen Entschluss fasse, so führe ich ihn auch stets mit Beharrlichkeit aus trotz aller aufsteigenden Schwierigkeiten, und wenn es auch eine harte Arbeit für mich wurde, ein großes Boot ganz allein zusammenzuschlagen und dann aufs Wasser zu bringen, so gelang es mir doch. Nach etwa vier Wochen war ein hübscher, kleiner Schoner fertig; ich hatte ihn gleich von Anfang an hart am Strand, zum Teil schon im seichten Wasser arbeitend, gebaut, und so gelang es mir, freilich mit furchtbarer Anstrengung, ihn zur Flutzeit flott zu machen, nachdem ich ihn vorher gut verankert hatte, denn Anker und Ketten sowie Seile fand ich ja genügend auf dem *Abendstern*. Selbst eine kleine Kajüte für Marie, und einen großen Raum für unsere Vorräte hatte ich wasserdicht hergestellt, und meine zahlreichen Seehundsfelle ringsum aufgehängt, um sie vor Kälte zu schützen, denn es war Winterzeit und in jenen Breitengraden von Südamerika, wo auch unsere Insel liegt, oft recht rau.

Die Kleine und Karo halfen wieder treulich, alle Gerätschaften, Kleidungsstücke, Proviant und Brennholz an Bord zu bringen, ganz zuletzt kam der kleine Kochofen, und dann nahmen wir Abschied von der Insel, auf der ich beinahe acht Monate zugebracht hatte, und dankte unserm Herrgott für alle mir dort erwiesene Hilfe und Gnade, besonders für den großen Schatz, den er mir in dem Kind geschenkt hatte.

Bei prachtvollem Wetter und unter Karos Freudengebell traten wir unsere Reise an, und als ich glücklich alle gefährlichen Riffe und Sandbänke hinter mir hatte, spannte ich die Segel, richtete den Kompass und steuerte den Kurs nach Südamerika. Ich musste die Küste und irgendeinen Hafen dort nach meiner Berechnung, wenn das Wetter so blieb, in zwei bis drei Wochen erreichen. Marie saß neben mir, Karo lag zu unseren Füßen, Lebensmittel hatten wir im Überfluss, so war ich denn sehr froh und bat unseren Herrgott, uns vor Sturm zu bewahren und uns stets eine günstige Brise zu senden, denn dabei schwamm das kleine, leichte Schiff schnell wie ein Kork. Bei Windstille kürzte ich die Segel, trug Marie auf, gut auszuspähen, während ich für einige Stunden ruhte, mich aber sofort zu wecken, wenn sie etwas Ungewöhnliches sehen oder der Wind sich aufmachen sollte, und gewissenhaft blieb sie dann auf ihrem Posten.

Einmal hatten wir drei Tage lang so starke Brise, dass ich mich keinen Augenblick niederlegen konnte, das Kind musste unten bleiben, weil oft Wellen über Bord kamen, und ohne dass ich es ihr aufgetragen, schickte sie mir stets Nahrungsmittel in einem Korbe, den Karo im Maul trug, dann sah ich sie häufig in der offenen Kajütentür mit gefalteten Händen, traurig und besorgt zu mir heraufblicken. Und unser Herrgott erhörte ihre Angstgebete, der Sturm kam nicht recht zum Ausbruch; am dritten Nachmittag wurde es wieder ruhiges Wetter, Marie nahm meinen Posten ein, und ich legte mich auf dem Deck nieder und schlief volle sechs Stunden, während die brave Kleine tapfer Wache hielt.

Auf ihres Vaters Schiff hatte ich auch einen Kalender gefunden, danach wusste ich, dass wir achtzehn Tage unterwegs waren, als Marie mich eines Vormittags, während ich schlief, am Arm schüttelte, und mir ins Ohr rief: »Onkel! Ein Segel, ein großes, schönes Schiff!«

Schnell sprang ich auf, ergriff mein Fernrohr, und jubelte vor Freude, als ich in der großen, schlanken Brigg den *Meridian* erkannte. Hoch auf der Kommandobrücke stand der brave Kapitän Hudson, und mit einem Hurra wurde ich begrüßt, als ich schnell darauf zugesteuert war, und von ihm und der Besatzung erkannt wurde.

Ich bin Euch wohl zu lange ausgeblieben, Quartermeister?«, rief er, »und nun habt Ihr Euch in so einer Nussschale auf den großen Ozean gewagt und statt der drei Matrosen ein kleines Mädchen und einen großen Hund als Besatzung; ja in aller Welt, wie geht denn das zu?

Das war ein Fragen und Erzählen ohne Ende, als der brave Kapitän mir einige Leute heruntergeschickt hatte, und ich mit meiner kleinen Pflegetochter auf der Strickleiter zu ihm hinaufgeklettert war. Er hörte mit großem Interesse meine wunderbaren Abenteuer, und sagte mir, dass erst eine schwere Krankheit seiner Frau, dann widrige Winde ihn so lange fern gehalten, dass er mich endlich auf der Insel vergebens mit den Kameraden gesucht hätte, und wir jetzt nur noch etwa zwei Tagereisen von Valparaíso entfernt wären. Er wollte Marie bei sich behalten, bis ich mit meinem kleinen Schoner, dem er drei Matrosen geben wolle, nachfolge, aber die Kleine weigerte sich standhaft, auf dem großen Schiff zu bleiben, sie mochte sich durchaus nicht von mir trennen, und ich war's zufrieden, denn bei dem guten Wetter erreichten auch wir bald nach dem *Meridian* den sicheren Hafen.

Kapitän Hudson half mir dort mein Schiff sehr gut zu verkaufen, und als er nach einigen Wochen seine Geschäfte erledigt hatte und mir sagte, dass die Sorge um seine Frau, die sehr leidend geworden sei, ihn in die Heimat zurücktriebe, segelte ich mit Marie und Karo auf dem *Meridian* nach England, von wo wir Hamburg leicht erreichen konnten. In Liverpool verkaufte ich meine Seehundsfelle um eine hohe Summe, so dass ich nun genug habe, um mich für den Rest meines Lebens hier auf dem heimatlichen Felsen zur Ruhe zu setzen, und meiner Frau und unserem Pflegetöchterchen einst ein hübsches, kleines Kapital hinterlassen kann. Die arme Kleine hat sich nun wohl nach und nach darein gefunden, dass ihre Eltern nie wiederkehren, dass sie nun ganz zu uns gehört, denn sie hat gar keine näheren Verwandten auf der Welt, das erfuhr ich in Hamburg, wohin der *Abendstern*, das verunglückte Schiff ihres Vaters, das sein Eigentum war, gehörte. Derselbe sollte der Erbe einer alten, reichen Base werden, die ihm das Geld zum Ankauf der Brigg vorgestreckt, und seine Frau, Mariens Mutter, erzogen hatte, da sie das einzige Kind ihrer verstorbenen Stiefschwester gewesen ist.

Ich ging natürlich gleich mit Marie zu ihr und hatte große Angst, dass ich sie nun am Ende ihr überlassen müsse; als ich ihr aber sagte, dass ich gar nicht mehr ohne das Kind leben könne, und sie meiner Frau so gern als Ersatz für unser einziges, früh verlorenes Töchterchen mit nach Helgoland bringen möchte, schien sie das ganz zu begreifen und schlug vor, die Kleine – die sich sehr gut der Großtante erinnerte und sehr herzlich gegen sie war – sollte selbst entscheiden, sie wolle sie in meiner Abwesenheit, während ich in der Stadt meine Geschäfte besorge, fragen, bei wem sie am liebsten bleiben wolle.

Sie können sich denken, Herr Erich, mit welcher Herzensangst ich am Abend zurückkehrte, um die Entscheidung zu hören, und die Augen wurden mir nass vor Freude, als Marie, die am Fenster des alten Hauses nach mir ausspähte, die Treppe herunterlief, und mir mit den Worten um den Hals fiel: ›Lass mich nicht hier Onkel, bitte, bitte, lieber Onkel, nimm mich mit dir!‹

Die Base war offenbar ganz damit einverstanden, denn sie

gestand mir, dass sie doch auch schon zu alt sei, um so ein junges Wesen zu erziehen, sie wolle mir und meiner Frau gern ein gutes Kostgeld zahlen, da die Kleine ja doch einmal ihre Erbin würde. Das nehme ich aber natürlich nicht an, denn ich besitze genug, um nichts an ihrer Erziehung zu sparen. Die Base will außerdem eine brave Lehrerin schicken, die den Geist ihrer Großnichte ausbilden soll, meine Frau sorgt für das Praktische, und unser Herrgott wird helfen, dass sie ihr weiches, frommes Herz bewahrt und unsere Stütze und Freude für das Alter bleibt.

Da haben Sie, junger Herr, Mariens Rettungsgeschichte, und wenn Sie noch mehr aus dem Leben so eines alten Seebären hören mögen, so besuchen Sie uns nur recht oft.

Wie gern versprach Erich, dieser Einladung an jedem Sonntag zu folgen, für heute musste er eiligst Abschied nehmen, denn es war spät geworden über der langen Erzählung, und mit vielen Dankesworten sagte er der braven Familie gute Nacht, und stürmte die Treppe hinauf ins Oberland, um der Mutter und Helga strahlend vor Bewunderung und Freude über den biederen, alten Seemann die merkwürdige Geschichte zu erzählen.

Drittes Kapitel.

Der Schiffbruch auf den Rokasriffen.

Von nun an freute sich Erich stets die ganze Woche auf den Sonntagnachmittag im Haus des alten Quartermeisters, wohin ihn seine drei Schul- und Spielgefährten, die Söhne des Gouverneurs und des Pfarrers, meistens begleiteten. Sie hingen sämtlich mit großer Verehrung und Bewunderung an dem biederen Seefahrer, der ihnen nach und nach all seine Abenteuer erzählen musste, und der nie müde wurde, all die vielen Fragen der Knaben zu beantworten. Die kleine Marie war selten zugegen, da sie eine große Freundin und häufige Spielgefährtin von Erichs Schwester Helga geworden war, und jeden Nachmittag von ihrer Erzieherin in das Schweizerhaus auf dem Oberland geführt wurde, wo diese die beiden kleinen Mädchen gemeinsam im Lesen und Schreiben unterrichtete.

Als Frau Doktor Walder mit großer Sorge Erichs wachsende Vorliebe für den Seemannsberuf erkannte, bat sie den alten Bootsmann, ihm auch die Schattenseiten desselben recht zu schildern, was er auch gewissenhaft tat.

»Ja, meine lieben jungen Herren«, pflegte er oft zu sagen, »Sie denken sich jetzt, dass es viel lustiger ist auf den blauen Wogen umher zu schaukeln und die weite Welt zu sehen, als Tag für Tag auf der Schulbank zu sitzen, und sich den Kopf über alle möglichen Wissenschaften zu zerbrechen, die Sie jetzt noch gar nicht interessieren, aber ich kann Sie versichern, dass es etwas Herrliches ist, wenn man älter geworden, viel gelernt zu haben und dadurch seinen Mitmenschen auf dem festen Land zu nützen. Das Seemannsleben hat auch sehr seine Schattenseiten, sowohl für die armen Schiffsjungen, die hart arbeitenden Matrosen und ihre Aufseher, die Quartermeister, wie ich so lange einer war, als auch für die Herren Kapitäne und Offiziere, die so schwere Verantwortung für das Schiff und so viele Menschenleben haben.«

»Es lesen sich die Seeabenteuer viel schöner im Robinson Crusoe und anderen derartigen Büchern, als wenn man sie selbst erleben muss. Wenn man aber so hart um das teure Leben mit Sturm und Wogen kämpft, dann kommen oft Stunden, wo man, besonders im Winter, die Menschen beneidet, die auf dem Festland hinterm warmen Ofen sitzen. Bitter bereut mancher dann, dass er nicht einen friedlicheren Beruf gewählt hat.«

»Ich denke noch oft an einen armen, kleinen Burschen, Jack Thornwell hieß er und stammte aus Brighton am englischen Kanal, der hatte sich's auch in den Kopf gesetzt, Seemann zu werden, und seine Mutter, eine arme Witwe, gab ihm die Erlaubnis dazu. Nachdem er zwei große Reisen gemacht hatte, war es ihm peinlich, sich von den oft sehr rohen englischen Matrosen umherstoßen und misshandeln zu lassen, und er beschloss, wieder die Schule zu besuchen, mehr zu lernen und dann einen anderen Beruf zu wählen. Aber da starb plötzlich seine Mutter, die sich mit einer kleinen Pension begnügen musste, und sein Vormund, ein harter Mann, befahl ihm, bei dem zu bleiben, was er einmal so hartnäckig früher gewählt hatte.«

»Geld war nicht da zum Studieren, was blieb ihm also übrig, als sich wieder als Schiffsjunge anwerben zu lassen. Er kam zu uns an Bord auf die *Ariadne*, und sobald ich merkte, dass die Matrosen oft grausam mit dem kleinen schwächlichen Burschen umgingen, nahm ich ihn unter meinen besonderen Schutz, und wenn ich am Steuerrad stand, setzte er sich gern auf ein Bündel Taue zu meinen Füßen nieder und erzählte mir von seinen Leiden, von dem harten Vormund und den schlimmen Matrosen, die ihn so oft geschlagen und gequält hatten, und wie unglücklich er darüber sei, dass seine gute Mutter so früh gestorben und er nun ganz allein in der Welt stehe, und am liebsten auch bald sterben möchte.«

»Ich tröstete ihn dann, so gut ich konnte, und versprach, immer für ihn zu sorgen, wenn er brav bliebe und stets auf demselben Schiff mit mir fahren wolle, das machte ihn dann immer wieder etwas froher. Wir segelten an der Küste von Brasilien, und ich war felsenfest überzeugt, dass unser starkes, ziemlich neues Schiff, das mit Weizen für das hungrige Volk daheim beladen war, Southampton sicher erreichen würde, denn unser Kapitän verstand es richtig zu führen, das kann ich Ihnen sagen – aber gegen Sturm und Wind kämpft auch der Beste vergebens, das sollte ich bald genug einsehen.«

»Ich hatte schon früher gehört, dass nördlich von Rio de Janeiro, nicht weit von Pernambuco, meilenlange, gefährliche Korallenriffe sind, die *Rokas* genannt, aber ich hatte sie noch nie gesehen, jeder tüchtige Kapitän hält sich so fern wie möglich von ihnen, denn es ist für die Schiff eine der gefährlichsten Stellen im ganzen Ozean. Nur wenn man sehr nahe dabei ist, kann man die Riffe erkennen, weil sie zum Teil mit ganz seichtem Wasser bedeckt sind, und wehe dem Fahrzeug, das bei Sturm in dunkler Nacht in die Nähe verschlagen wird. Ungefähr in der Mitte der Riffe sind zwei kleine Koralleninseln, die durch einen Felsen miteinander verbunden sind, und die beide eine ziemlich große Sandfläche mit grünem Rasen haben. Vor einigen Jahren hat der brave englische Konsul in Pernambuco eine Anzahl Palmen dort anpflanzen lassen, die wenigstens bei Tag als Warnungszeichen für die Seeleute dienen können, aber bei Nebel und dunkler

Nacht sind die Schiffe, die zu nahe kommen, unrettbar verloren, das habe ich leider durchmachen müssen.«

»Wir bekamen eines Abends schlechtes Wetter, der Sturm heulte, und die See ging sehr hoch, als ich die Nachtwache und meinen Posten am Steuerrad antrat; bald nachher kam der kleine Jack, setzte sich wie gewöhnlich zu meinen Füßen nieder und schien ungewöhnlich trübe gestimmt.«

»Was fehlt dir denn heute, Jack?«, fragte ich, als das Kompasslicht auf sein kleines, bleiches Gesicht fiel, »warum bleibst du nicht bei diesem Wetter in deiner Koje und schläfst, ich will nicht hoffen, dass der rohe Bill dich wieder wie neulich mit dem Tauende geschlagen hat, er sollte es auf mein Wort teuer bezahlen!«

»Nein, Quartermeister, mich hat niemand geschlagen«, antwortete er, »aber ich konnte es gar nicht mehr unten in der heißen Koje aushalten, ich musste hier oben die frische Nachtluft genießen und dann ...«, fügte er zögernd hinzu, »fürchte ich mich auch so sehr; ich wachte plötzlich davon auf, dass mich die Stimme meiner seligen Mutter rief, sie sagte mir, ich solle zu ihr kommen, es wäre im Himmel viel schöner als auf dieser bösen Welt. Ich öffnete meine Augen und sah umher, aber niemand war da, und ich hatte doch so deutlich ihre Stimme erkannt«.

»Armer, kleiner Tropf!« Ich versicherte ihm, dass er nur lebhaft geträumt habe, suchte ihn aufzuheitern und versprach ihm, wenn wir nach England zurückgekehrt, wollte ich ihn nach Helgoland zu meiner Frau bringen. In diesem Augenblick hörte ich plötzlich von der Kommandobrücke her die Rufe und Befehle des ersten Offiziers: »Starke Brandung! Land in Sicht! Alle Mann an Deck! Die Segel einholen, das Schiff retten!«

»Sofort wusste ich, dass wir zwischen die Rokasriffe geraten waren, und steuerte den entgegengesetzten Kurs, die Segel wurden mit Blitzesschnelle gerefft – aber es war zu spät, der Lauf des Schiffes konnte nicht mehr gehemmt werden. Schon im nächsten Augenblick kam ein furchtbarer Krach und dann das unheimliche Getöse der brechenden Planken, das Zischen und Gurgeln des einströmenden Wassers! Wir hatten gehofft, von den gefährlichen Riffen weit entfernt zu sein, und nun hatte der Sturm den Kiel unseres Schiffes in der Finsternis, wo wir keine Hand vor den Augen sehen konnten, gerade gegen die scharfen Kanten des Korallenriffes gejagt. Im nächsten Augenblick kam eine ungeheure Woge über das Schiff, es kenterte, lag ganz auf der Seite, und ich wusste, dass es sich nie mehr erheben würde. Das Licht im Kompasshäuschen brannte noch; fest an das Rad geklammert, sah ich mich nach Jack um, aber sein Platz war leer, er war fort, zu seiner Mutter gegangen, die ihn gerufen, erlöst von allem Erdenleid, wie er es sich eine Viertelstunde vorher so sehr gewünscht hatte. Armer, kleiner Bursche! nicht einmal einen Hilferuf hatte er ausgestoßen, und ich hätte ja auch nichts zu seiner Rettung tun können.«

»Eiligst kroch ich jetzt bis zur Mitte des Schiffes, um mich, wenn möglich, am Mastbaum festzuhalten, da brach er gerade mit furchtbarem Krachen, und die daran hängenden Segel bedeckten eine Anzahl Kameraden, andere wurden hinweggeschlagen durch die alle Augenblicke über uns sich brechenden Wogen. Unseren braven Kapitän sah ich bis zuletzt Befehle geben und selbst Hand anlegen, um ein Boot loszumachen, dabei wiederholt rufend: »Rette sich, wer kann!« Im selben Augenblick kam wieder brüllend und zischend eine riesige Welle über das Wrack und fegte ihn und die drei Nächststehenden hinweg in die grausige Tiefe. Krampfhaft hielt ich noch immer den Rumpf des gebrochenen Mastbaumes umklammert, da fühlte ich das Schiff unter mir immer tiefer sinken, in wenigen Minuten musste ich damit untergehen, wenn ich nicht eiligst das Deck verließ. Ein guter Schwimmer war ich stets gewesen, die Insel musste nahe sein; ich beschloss daher, den Versuch zu machen, sie trotz der Dunkelheit zu erreichen, und mit dem Angstgebet: ›Gott steh mir bei in höchster Not!‹ sprang ich mutig über Bord und hielt mich an einem großen Stücke des losgetriebenen Fockmastes, das meine Füße streifte. Dicht neben mir schwamm ein Kamerad an einer Schiffsplanke, ich erkannte die Stimme Sambos, des Schiffskochs, als er mich anrief, und ermutigte ihn auszuharren, und dicht neben mir zu bleiben, wir würden sicher die Insel erreichen, da die stark schäumende Brandung mir die nahe Küste verriet. Über eine Stunde schwammen wir mit großer Anstrengung weiter, und schon erlahmten unsere Kräfte, da endlich fühlte ich scharfen felsigen Boden unter meinen Füßen, wir hatten die Koralleninseln erreicht, und waren gerettet, gerade als von der anderen Seite ein dritter Leidensgefährte, erschöpft durch das letzte seichte Wasser an den Strand watete. Er sagte uns, dass ganz in der Nähe noch zwei Kameraden trieben; wir riefen ihnen zu, damit sie in unsere Richtung schwammen, und wir ihnen vielleicht behilflich sein konnten; Gott sei Dank, es gelang uns auch wirklich, sie heranzuziehen.«

»Der Sturm hatte sich inzwischen ein wenig gelegt, das furchtbare Heulen und Toben ließ nach, und deutlich vernahmen wir nun ganz in der Nähe wiederholte schwache Hilferufe; mühsam wateten wir über den scharfen Korallenboden zu der Stelle, woher sie kamen, und entdeckten einen unserer Leute, Tom Paget, einen Irländer, der sich mühsam an einer Felsspitze festhielt und immerfort rief: ›Rettet mich, Kameraden! rettet mich! ich versinke.‹ Gerade als wir nahe kamen, erlahmten seine Finger, und die tosende Brandung hätte ihn verschlungen, wenn nicht zur rechten Zeit der Koch ihn bei seinem Kragen gepackt hätte. Der Ärmste war schrecklich zerschlagen, und hatte die Besinnung verloren, als wir ihn mit großer Anstrengung gemeinsam auf den Felsen schleppten, wo wir das Tageslicht abwarteten, das schon matt dämmernd, bald hereinbrechen musste. Und endlich war die entsetzliche Nacht zu Ende, ein rötlicher Schein zeigte sich am östlichen Horizont, und wir entdeckten nicht weit von uns eine weiße Sandfläche und in der Mitte auf spärlichem Rasen einige hohe Palmbäume.«

»Dorthin schleppten wir, alle zum Tod erschöpft, über den rauen Korallenboden des Felsens, den armen Irländer, der aus mehreren Wunden blutete, und sanken trostlos neben ihm nieder. Keiner sprach ein Wort, jeder sann über unsere schreckliche Lage nach, und beneidete fast das Los unseres braven Kapitäns und der übrigen Kameraden, die nun ausgerungen hatten und tief unter den dunklen Wogen ruhten, die uns von allen Seiten umtosten. Was sollte aus uns werden auf der kleinen, öden Insel, ohne alle Nahrung, ohne einen Tropfen Wasser, um unseren quälenden Durst zu löschen?«

»Die höher gestiegene Sonne trocknete bereits unsere nassen Kleider, und niemand rührte sich, da gab mir das Stöhnen des armen Tom endlich den Gedanken ein, aufzustehen und nachzusehen, ob ich ihm etwas helfen könne. Ich verband seine schlimmsten Wunden mit unseren Taschentüchern, dann bat ich die Gefährten, mit mir zum Strand zu gehen und nachzusehen, ob irgend etwas Essbares von unserm sicher jetzt ganz zertrümmerten Schiff angeschwommen sei.«

»Das trübe Brüten und Stillsitzen taugt zu nichts, Kameraden«, sagte ich, »wir müssen, wie es Männern und

Christen zukommt, tragen, was Gott uns auferlegt und das Leben, das er uns erhalten hat, zu fristen suchen«.

»Sambo blieb nun bei dem Kranken, legte einige von unseren Jacken unter seinen schwer verletzten Kopf, und wir anderen schritten quer über die Insel, da entdeckte ich jubelnd in der Ferne unter einem vorspringenden Felsenriff zwei große, weiße Fässer, wie die Schiffe sie mit Trinkwasser gefüllt stets mit sich führen. So schnell als möglich liefen wir darauf zu, um zu untersuchen, ob sie, wie wir fürchteten, ganz leer seien, oder noch so viel darin, um unseren brennenden Durst zu stillen, und Sie können sich unsere namenlose Freude denken, als wir sie ganz gefüllt fanden.«

»Das hat uns der barmherzige Gott geschickt, Kameraden«, rief ich, »gerade was wir am allernötigsten haben‹, und mit unseren Händen führten wir gierig den erquickenden Trunk zum Mund. Aber wie sollten wir dem armen Tom die Wohltat zuteil werden lassen? Das überlegten wir eben und versuchten eins der großen Fässer vom Platz zu schieben, da rollte zu unserer Überraschung ein Zinnbecher, zwischen beiden versteckt, hervor, und wir waren überzeugt, dass Schiffbrüchige, die vor uns an der Insel gestrandet, mit Absicht das alles für nachfolgende Leidensgefährten zurückgelassen, oder dass der gütige englische Konsul in Pernambuco, der die Palmen pflanzte, auch die Wasserfässer in den Schatten des Felsens stellen ließ, möge Gott ihn für seine edle Fürsorge segnen.«

»Schnell füllte ich nun den Becher und lief damit zu Tom, da hörte ich plötzlich aus der Ferne lautes Vogelgeschrei und sah über den Felsenklippen eine Menge der verschiedenartigsten großen und kleinen Vögel umherflattern, die ab und zu in das Wasser tauchten, um Fische zu erhaschen.

›Gott sei gedankt! Nun haben wir auch Nahrung genug‹, rief ich und lief mit zwei Kameraden zu der Gegend, wo das wilde Geschrei und Gezwitscher ertönte. Da war ein seltsamer Anblick, Tausende von Vögeln brüteten dort ihre Eier aus, und unsere Erscheinung schien sie nicht im mindesten zu stören, besonders die großen Albatrosse saßen still wie die Lämmer, erhoben aber einen schrecklichen Lärm als wir ihnen so viele Eier fortnahmen, wie wir nur irgend in unseren Taschen tragen konnten. Wir drehten dann noch einem Dutzend dieser Vögel die Hälse um, damit wir für den Tag auch Lebensmittel genug hatten. Vorläufig genügten uns die Eier, denn wir hatten ja leider kein Feuer, um die willkommenen Braten herzurichten, woher sollten wir Streichhölzer oder Zunder und Stahl nehmen? Das machte uns große Sorge, bis Sambo, der Koch, der mit einigen Eiern für Tom vorausgelaufen war, mit seinem gutmütigen Grinsen versicherte, dass er uns bald das hellste Feuer verschaffen würde, wenn wir nur für trockenes Holz sorgten, vor allen Dingen sollten wir aber erst einige Stunden des stärkenden Schlafes genießen. Ja, der war uns freilich am allernotwendigsten nach den schrecklichen Anstrengungen und Aufregungen in der langen Schreckensnacht, und so legten wir uns denn im Schatten der Palmen auf den Rasen nieder, und bald war kein Auge mehr offen.«

»Aber kaum hatte ich zwei Stunden geruht, da weckte mich das Stöhnen des Kranken und lautes Schimpfen Sambos, der neben mir gelegen hatte, jetzt aber wie besessen umhersprang und sich immerfort schüttelte.«

»Die Bestien lassen kein Gramm Fleisch an meinen Knochen«, rief er wütend, als ich im selben Augenblick ein abscheuliches Brennen und Prickeln an meinem ganzen Körper fühlte, und bald sprangen wir alle Fünf, schüttelnd und kratzend umher wie die Wahnsinnigen, nur der arme Tom war zu schwach und blieb jammernd am Boden liegen. Da sah ich eine Anzahl großer, schwarzer Ameisen über den weißen Sand laufen – die waren also die Quälgeister und so unverschämt, dass all unser Schütteln nichts half; wenn wir eben eine Menge zertreten hatten, liefen hundert andere an uns empor und bissen und zwickten uns zum Verzweifeln.

»Kameraden!«, rief ich, »das können wir nicht aushalten, die schlimmen Kreaturen würden uns bald bei lebendigem Leibe verzehren; Sambo hat versprochen, Feuer zu schaffen, das wird sie am besten vertreiben, und wir müssen uns außerdem sofort eine Hütte bauen, angetriebenes Holz dazu wird genug am Strand liegen, und vielleicht finden wir auch noch einige Säcke Korn von der *Ariadne* daneben.«

»So kletterten wir denn aufs neue über die Korallenklippen hinunter zur Bucht, und da bewiesen uns denn bald ganze Berge von Treibholz, wie viele Schiffe vorher dasselbe Schicksal getroffen, wie unsere schöne Brigg. Wir fanden da unten ganz unbezahlbare Schätze, Gerätschaften, Kochtöpfe, Kessel, Werkzeuge, nur keine Lebensmittel, unsere schweren Kornsäcke mussten wohl alle in der Tiefe des Meeres versunken sein. Aber zwei große Fässer fanden die Matrosen und öffneten sie in der Hoffnung, dass Rum darin enthalten sei. Mir war es aber viel lieber, dass sie klares Trinkwasser enthielten, denn das war ja für uns das Wichtigste, wer konnte wissen, wie viele Monate wir auf der Insel leben mussten!«

»Sambo jubelte am meisten über mehrere Stücke ganz wurmstichigen, weichen Holzes, das offenbar lange Jahre an der Sonne gedörrt war, und das er gerade jetzt zu seinem versprochenen Feuer so nötig hatte. Er lief eiligst damit zu unserer Lagerstätte unter den Palmen, und als wir ihm später schwer beladen, mit Planken und Werkzeugen folgten, fanden wir ihn bei einer seltsamen Arbeit. Er hatte sich ein dickes Stück Holz mit seinem Messer zurechtgeschnitten und in der Mitte ausgehöhlt, dann einen Stock zugespitzt, der gerade in das Loch passte, den er nun unaufhörlich, schnell herumdrehte, als wenn er den Holzblock durchbohren wolle. Ungläubig schauten wir ihm wohl eine Stunde lang zu, lachten ihn endlich aus und gingen wieder an den Strand, um noch mehr Planken zu unserer Hütte zu holen. Als wir nach längerer Zeit zurückkehrten, war Sambo zwar noch immer bei seiner langweiligen Arbeit, aber jetzt sahen wir, dass das Holz von der Reibung schwarz wurde. Richtig kamen auch bald einige Funken, und als wir auf sein Geheiß etwas kleingeschabte Späne von den verwitterten morschen Splittern an das Loch legten, schlug zu unserer Freude die helle Flamme hervor.«

»Mit welcher Befriedigung hatte Sambo bald ein großes Feuer neben dem kranken Tom angemacht und kochte nun für ihn und uns alle eine kräftige Vogelsuppe mit Eiern abgerührt. Wie schnell hatte sich seit dem Morgen unsere schlimme Lage gebessert, Wasser, Feuer, Lebensmittel! Drei große Gaben, für die wir unserem Herrgott nicht dankbar genug sein konnten. Ich war es auch von Herzen, aber meine Unglücksgefährten waren sämtlich sehr rohe, ungebildete Matrosen, ich glaube kein einziger von ihnen konnte lesen und schreiben, sie kannten auch kein Gottvertrauen, und das ist doch das Einzige, was uns in Leiden und Trübsalen auf dieser armen Welt trösten und aufrecht erhalten kann.«

»In der nächsten Nacht quälten uns die Ameisen wieder sehr, trotz des Feuers. Ich erwachte alle Stunde und warf trockenes Holz hinein, denn wir mussten es ja stets brennend erhalten, damit Sambo nicht noch einmal die lange, schwierige

Arbeit damit hatte, und dass es etwa vorüberfahrende Schiffer von der Ferne sehen konnten, die dann hoffentlich so barmherzig waren, ein Boot für uns zu schicken, um uns abzuholen.«

»Am nächsten Tag bauten wir uns eine geräumige Hütte aus Segelstangen und Schiffsplanken, mit erhöhten Lagerstätten, wir hatten dadurch doch etwas mehr Schutz vor den Ameisen, zimmerten nach und nach auch noch Tische und Bänke, und einer von uns musste abwechselnd nachts Wache halten, um das Feuer zu versorgen. In der Frühe gingen wir dann zuerst zu unserm Geflügelhofe, wie wir die Brutstätte der Vögel auf den Klippen nannten, und holten uns Eier und Braten für den Lebensunterhalt. Dabei schrie Bill eines Tages, als er weiter hinunter ins Wasser geraten war, laut vor Schmerzen auf und rief uns zu, dass ihn irgend ein Ungetüm am Fuße zwicke und beiße und so festhielt, dass er nicht fliehen könne. Wir eilten schnell zu Hilfe und entdeckten zu unserer Freude eine große Krabbe – eine Art Hummer, die wir mit Mühe von seinen Zehen losmachten, die ihm dann noch mehrere Tage sehr weh taten und ihn am Gehen hinderten.«

»Dadurch hatten wir wiederum einen neuen Leckerbissen entdeckt, und suchten von nun an mit großem Erfolg am Fuß der Klippen nach den wohlschmeckenden Seekrebsen. Durch sie konnten wir uns nun stets auch eine Abwechslung bei unseren Mahlzeiten erlauben.«

»Ich will die jungen Herren nicht damit ermüden«, fuhr der brave Quartermeister dann mit seiner Erzählung fort, nachdem er seine Pfeife frisch gestopft und angezündet hatte, »dass ich Ihnen berichte, wie wir einen Tag nach dem anderen und wochenlang so eintönig damit zubrachten, nur für unseren Unterhalt zu sorgen und immer wieder auf den beiden kleinen

51

Inseln nachsuchten, was die Wellen alles von unserer *Ariadne* angetrieben hatten. Dieses Leben fing nachgerade an schrecklich langweilig zu werden. Tom, der jetzt wieder hergestellt, und meine Wenigkeit waren die einzigen unter den Schiffbrüchigen mit besserer Bildung und Erziehung; was hätte ich wohl um eine Bibel oder andere Bücher gegeben, da ich mein Leben lang so gern gelesen habe. Immer sannen wir darüber nach, auf welche Weise wir wohl von der öden Insel fortkommen könnten, und endlich verfielen wir auf die Idee, uns von den vielen Planken am Strand die besten auszusuchen, um ein großes Boot zu bauen, und damit vielleicht den Hafen von Pernambuco zu erreichen.

»Die Kameraden waren einverstanden, und so machten wir uns denn bald ans Werk; Sambo, der Koch, musste von da an allein für unsere Mahlzeiten sorgen, und wir übrigen waren den ganzen Tag bei der Arbeit am Strand, die uns aber sehr bald krank und elend machte, weil wir weder Hut, noch sonstigen Schutz gegen die sengenden Strahlen der Tropensonne hatten. Ich schlug deshalb vor, erst eine Art Schuppen aufzuschlagen, unter dem wir dann den Schiffbau besser aushalten konnten, aber die Wege durch den Sonnenbrand um Mittag bis zu unserm Haus, waren auch qualvoll; wie groß war daher unsere Freude, als der schlaue Sambo uns eines Tages mit einem großen Hut überraschte, den er geschickt aus einem breiten Palmblatte hergestellt hatte, während wir morgens bei der Arbeit waren.«

»Einige Tage zuvor hatten wir unter dem Treibholz und anderen angeschwemmten Sachen auch eine große Rolle Eisendraht gefunden, damit hatte Sambo das Palmblatt geformt und steif gemacht, und die abgestreiften Adern der Blätter zum Befestigen benutzt. Er war wirklich ein sehr geschickter Mensch, hatte sich mit einem Hammer ein kleines Stück Draht zur Nähnadel zurechtgeschlagen und damit leicht den Hut verfertigt. Wir jubelten vor Freude über seine Erfindung und halfen ihm nachmittags, so gut wir konnten, sechs riesige Hüte bis zum nächsten Tag fertig zu stellen, die nicht allein unsere Köpfe, sondern auch den ganzen Oberkörper wie ein Sonnenschirm beschatteten.«

»Unsere Kleider hatten wir bei Tag schon längst bis auf die Beinkleider abgelegt, denn bei der Hitze brauchten wir sie nicht; die Hemden hingen sauber gewaschen in unserer Hütte; ich war der einzige, der zufällig ein weißes besaß, denn meine liebe Frau hatte mich stets reichlich mit Wäsche versorgt, da kam ich auf den Einfall, dasselbe als Notflagge zu benutzen. Ich zerriss es in drei lange Streifen, die Sambo aneinanderheftete, und Bill, ein schlanker Bursche, der wunderbar klettern konnte, befestigte das eine Ende auf der höchsten Palme, nachdem er die Kronenblätter vorher abgeschnitten; lustig flatterte bald die lange Fahne im Wind, und konnte sicher aus weiter Ferne auf dem Ozean gesehen werden.«

»Es war recht einfältig von mir, dass ich nicht früher daran gedacht hatte, alle Tage bat ich unseren Herrgott inbrünstig, doch bald ein Schiff zu unserer Erlösung zu senden, und in einer Nacht, als wir etwa vier Wochen auf der Insel zugebracht, schien es mir wirklich, als wenn mein Gebet erhört werden sollte.«

»Ich konnte nicht schlafen. Es war sehr schwül, und unverschämte Ameisen krochen noch dazu in mein Lager, um mich arg zu peinigen. Ich wusste, dass der Vollmond hoch am Himmel stand, solche Nächte liebe ich im Freien zuzubringen, schickte daher den wachthabenden Matrosen auf sein Lager und versprach statt seiner für das Feuer zu sorgen, dann stieg ich auf die höchste Felsenklippe und weidete mich an dem großartigen Anblick. Das rauschende Meer sah aus wie wogendes Silber, und ich dachte an die Heimat, wo ich so oft als zwölfjähriger Junge an Mondscheinabenden auf der Bank des alten Leuchtturms von Helgoland saß und sehnsuchtsvoll auf die weite glitzernde Nordsee schaute. Wie weit, wie unendlich weit war ich nun von der teuren Heimat entfernt, würde ich sie jemals wiedersehen? Wie würde wohl mein armes Weib trauern, wenn ich nicht zurückkehrte, sie niemals erfahren könnte, wo ich geblieben war!«

»Solch trübe Gedanken beschäftigten mich, als ich plötzlich in der Ferne ein Segel auftauchen sah, und dann mit atemloser Spannung beobachtete, ob es näher kam, oder sich weiter entferne; schnell lief ich hinunter und warf noch einige Stücke trockenes Holz ins Feuer, damit es hoch auflodere. Ich vergaß in meiner Aufregung, dass man bei so hellem Mondschein ein Feuer nicht so leicht sieht als in dunkler Nacht, dann kehrte ich eiligst auf die Felsspitze zurück. Aber mein Mut sank, ich sah, dass das Schiff jetzt bedeutend ferner war als zuvor, und als es nach einer Viertelstunde ganz verschwunden, da warf ich mich auf den Boden und weinte wie ein Kind! Doch was half es? Ich musste mich damit trösten, dass, wenn einmal ein Schiff in die Nähe gekommen, ein zweites bald nachfolgen konnte, beschloss aber, den Kameraden nichts davon zu sagen, damit sie nicht ebenso traurig würden wie ich, so weckte ich niemand zur Feuerwacht, denn ich war zum Schlafen zu aufgeregt und ging den Rest der Nacht am Strand der Bucht, wo wir unser Schiff bauten, auf und ab.«

»Gegen Morgen sah ich plötzlich ein großes dunkles Geschöpf aus dem Wasser kommen, ein zweites folgte, und bald kroch eine ganze Anzahl auf dem weißen Sand umher; ich erkannte bald, dass es Schildkröten waren, die am Strand ihre Eier legen wollten; ich rührte mich nicht, um sie nicht zurückzuschrecken, und als die ganze Bucht von den Tieren bedeckt war und sie sich im Sand verscharrten, lief ich leise zu der Hütte, um die Kameraden zu wecken. Sie eilten mir schnell zu Hilfe, und wie wir herankamen, zogen sich die Schildkröten rasch ins Wasser zurück, aber es gelang uns, noch einige zu erwischen, und da hatten wir der Mahlzeiten genug für viele Tage, um die uns ein Fürst beneiden konnte. Die Eier und der Hummer waren ja ganz gut, aber die Seevögel hatten zähes, öliges Fleisch, und jetzt besaßen wir zur Abwechslung nicht nur die Schildkröten, sondern auch ihre zahllosen Eier, die wir am Morgen im Sand aufsuchten, und das war ein besonders guter Leckerbissen.«

»Sehen Sie, meine lieben jungen Herren«, fuhr der brave Seemann fort, »so sorgte unser Herrgott in seiner Güte täglich für uns, wir hatten Nahrungsmittel im Überfluss, und unser Mut und die Hoffnung, dass wir doch noch mal aus unserer Gefangenschaft erlöst würden, wuchs täglich, je weiter wir mit unserm Schiffbau kamen. Es war freilich eine schwierige Arbeit, denn wir besaßen nur zwei kleine und einen großen Hammer, aber keine Zange, um die großen, verrosteten Nägel aus den Planken zu ziehen und wieder brauchbar zu machen. Aber schließlich gelang es uns doch, das Boot war fertig und wir nicht wenig stolz auf unser Werk, obgleich es ein wunderlich aussehendes Fahrzeug und etwas schief geraten war. Als wir es glücklich aufs Wasser gebracht hatten, stiegen mir gleich Bedenken auf, dass wir damit keine weite Seereise wagen durften. Aber sehr nützlich wurde es uns doch zum Fischfang in der Nähe des Landes, wodurch wir wieder neuen Zeitvertreib fanden.

Der geschickte Sambo hatte von den Adern der Palmblätter starke Schnüre gedreht und aus Draht Angelhaken verfertigt, damit fingen wir bald die schönsten Fische, die wir teils frisch verzehrten, teils etwas räucherten und in der Sonne trockneten, denn wir mussten ja auch für Vorräte und Proviant sorgen, für den Fall wir uns doch endlich entschließen würden, die Reise nach Pernambuco mit unserm kleinen, seltsamen Boot zu unternehmen. Ich stellte den Kameraden oft vor, dass es ein tollkühnes Wagnis sein würde, da wir ja keinen Teer hatten, um das Fahrzeug wasserdicht zu machen, aber die drei jüngeren wollten mir nicht glauben, und so beschlossen Tom, Sambo und ich, auf der Insel zu bleiben und ihnen das Boot, die Hälfte unseres Wassers und der gesammelten Lebensmittel zu überlassen. Sie blieben bei ihrem Entschluss, brachten alles an Bord und wollten am folgenden Morgen abfahren.

Am Nachmittag zuvor hatte ich mich bei der sengenden Hitze etwas niedergelegt und schlief fest, da weckte mich der laute Ruf Toms: ›Ein Segel, Quartermeister, ein Schiff in Sicht, ein großes Schiff.‹ Sie können denken, wie schnell ich hinausstürzte und wie wir alle jubelten, als wir sahen, dass die Brigg den Kurs nach unserer Insel steuerte.

Es war schönes, klares Wetter, lustig flatterte unsere Notflagge in der leichten Brise hoch oben auf der Palme, und die Rauchwolken von unserem Feuer stiegen kräuselnd zum tiefblauen Horizont empor, das hatte die Besatzung des Schiffes jedenfalls gesehen, und nun kamen die barmherzigen Menschen näher, um uns aus der Gefangenschaft zu befreien. Aber meine Kameraden glaubten noch nicht recht daran, sie fürchteten, dass der Kapitän der Brigg, sobald er näher kommend, die gefährlichen Rokasriffe erkannte, den Kurs ändern und davoneilen würde.

Aber er tat es nicht, er war barmherzig genug, sich unserer zu erbarmen, und kam näher und näher, während wir unser Boot bestiegen und ihm entgegenruderten, bis er still lag und uns erwartete. Welch wunderlichen Anblick mussten wir den fremden Seeleuten wohl darbieten mit unseren langen, flatternden Haaren und Bärten, da wir uns ja seit etwa achtzig Tagen weder kämmen noch scheren konnten, dazu unsere ungeheuren Palmhüte und fast gar keine Bekleidung!

Endlich erreichten wir die *Antilope*, so hieß das Schiff, Strickleitern wurden für uns herabgelassen, und Kapitän Silva und seine Leute behandelten uns mit der größten Teilnahme und Freundlichkeit, als sie unsere schlimmen Erlebnisse erfahren hatten. Jedermann an Bord bemühte sich, uns einen kleinen Dienst zu erweisen, uns mit guten Kleidern und Wäsche zu versehen. Besonders dem gütigen Kapitän sind wir zu großem Dank verpflichtet, denn, als er durch sein Fernrohr unsere Blockhütte, die Notflagge und den Rauch entdeckt hatte, änderte er sofort seinen Kurs und steuerte auf die Insel zu, trotzdem er die Gefahr der Rokasriffe kannte, die barmherzige Nächstenliebe ging ihm höher als die Vorsicht, und Gott schützte dafür sein Schiff, das uns bald glücklich nach Rio de Janeiro brachte.

»Da haben Sie, liebe junge Herren wieder eins der schwersten Erlebnisse des alten Quartermeisters gehört und gesehen, wie viel Grund ich habe, Gottes Gnade und Barmherzigkeit zu preisen und Sie alle zu bitten, sich Ihr ganzes Leben hindurch nur immer voll gläubiger Zuversicht an unseren Vater im Himmel zu wenden, ihm zu vertrauen, dann wird er sicher stets alles für Sie zum besten lenken.

Oft scheint uns manches, was uns trifft, recht hart und schwer, unsere Wünsche gehen nicht immer in Erfüllung, wir müssen früh entsagen lernen, nicht denken, dass wir stets unseren eigenen Willen durchsetzen müssen, sondern unser Geschick stets in unseres Herrgottes Hände legen, denn der allein weiß, was uns gut ist.

»Sie, lieber Herr Erich, denken jetzt mit Ihren zwölf Jahren, dass Sie durchaus Seemann werden müssen, um glücklich zu werden, da aber die gute Frau Mama so gar nicht damit einverstanden ist und der Herr Vater so gern einen Doktor aus Ihnen machen möchte, würde ich an Ihrer Stelle vor allen Dingen in den nächsten Jahren fleißig lernen und studieren und der Eltern Wünsche erfüllen, denn das bringt Segen.

Sie haben ja aus meinen schlimmen Abenteuern gesehen, dass der Seemannsberuf, so schön er auch sein kann, doch furchtbare Kämpfe und Leiden mit sich bringt. Ich denke mir, ein tüchtiger, braver Arzt zu sein wie Ihr Herr Vater, und den leidenden Mitmenschen Hilfe und Trost zu bringen, das muss doch noch viel schöner und befriedigender sein für ein warmes deutsches Herz, und dann haben Sie auch als solcher stets Gelegenheit, die schöne, weite Welt kennen zu lernen, wenn Sie später Lust dazu haben. Wie würde ich mich freuen, wenn ich Sie vor meinem Ende noch als Schiffsdoktor begrüßen könnte.«

Viertes Kapitel.

Nach Deutschland.

Die vier Knaben hatten mit einer wahren Begeisterung der Erzählung des alten Seemanns zugehört, und seine letzten, besonders an Erich gerichteten Ermahnungen hatten auf diesen einen tiefen, nachhaltigen Eindruck gemacht. Er beschloss, sein frommes, bleiches Mütterchen nicht mehr mit seinen Bitten, ihn Seemann werden zu lassen, zu quälen, vor allem jetzt fleißig zu lernen und in Gottes Hände alle seine Wünsche und Pläne für die Zukunft zu legen. Das sagte er auch seinem alten Freund, als er ihn am nächsten Sonntag nach dem Gottesdienst auf dem die Kirche umgebenden Friedhof begrüßte, und der Bootsmann ihn und seine drei Spielgefährten einlud, am Nachmittag mit ihm einen Spaziergang über das ganze Oberland zu machen, da wolle er ihnen allerlei aus der Vorgeschichte von Helgoland erzählen, das er in einer alten Chronik gelesen und den Knaben gewiss noch fremd sei.

Um drei Uhr traf er sie, wie verabredet, vor dem ehrwürdigen Gotteshaus und führte sie hinein, um sie auf mancherlei aufmerksam zu machen. Er teilte ihnen mit, dass die erste christliche Kirche schon im siebten Jahrhundert von frommen Missionaren auf der Insel erbaut worden sei, nachdem sie die heidnischen Götzentempel zerstört hatten. Die jetzige Kirche ist etwas über zweihundert Jahre alt und macht auf den Fremden einen ehrfurchtgebietenden, aber merkwürdigen Eindruck; sie sieht aus wie das Innere eines großen Schiffes, ihre Fenster sind wie die Luken einer Fregatte geformt, und von der gewölbten, mit Holz getäfelten, und mit bunten Arabesken bemalten Decke hängen die Modelle zweier großer Dreimaster mit vielen Rahen und Takelwerk tief herunter. Jeden Sonntag nach der Predigt spricht auch der Geistliche ein besonderes Gebet für alle Seefahrer, so ist es schon seit vielen Jahrhunderten gebräuchlich. Die Gemeinde ist evangelisch-lutherisch und wählt ihre zwei Prediger selbst, die nach altem Herkommen von der Regierung besoldet werden; bekanntlich hat dieselbe oft gewechselt. Die Felseninsel an Deutschlands Küste, immer von einem germanischen Volksstamm bewohnt, wurde viele Jahrhunderte hindurch von fremden Fürsten regiert. Erfolglos kämpfte der mächtige Hansabund um ihren Besitz mit den Herzögen von Schleswig, diese wieder mit den Dänen, die sie zuletzt den Engländern abtreten mussten, denen Helgoland gehörte. Der alte Seemann zeigte den vier wissbegierigen Knaben die ehrwürdige Kirche und machte sie auf die kostbaren silbernen Altarleuchter aufmerksam, die der Schwedenkönig Gustav Adolf IV. geschenkt hatte, als er sich im Jahr 1811, nachdem Napoleon ihm seinen Thron geraubt, längere Zeit auf der Insel aufhielt.

Die Helgoländer waren damals ein armes Fischervolk, und ernährten sich mühsam durch Lotsendienste und Fischfang, bis ein genialer Schiffbauer, Jakob Siemens, auf den klugen Einfall kam, ein Seebad zu gründen, das im Jahr 1826 eröffnet, anfangs nur von einhundert bis dreihundert Kurgästen besucht wurde, die sich aber von Jahr zu Jahr derartig mehrten, dass jetzt der Fremdenverkehr etwa achtzehn- bis zwanzigtausend Personen beträgt und dadurch der große Wohlstand wieder zurückgekehrt ist, der in alten Zeiten herrschte, als noch viel Kornbau und Viehzucht auf der Insel betrieben wurde, wie die verschiedenen großen Mühlsteine beweisen, die man noch hier und da vor den Häusern eingemauert findet. Man kann sich das kaum vorstellen, wenn man jetzt über das Oberland geht, und nichts als Kartoffelfelder und dünnen Rasen, der spärliche Nahrung für etwa 150 Schafe bietet, die den etwa 2000 Bewohnern die nötige Milch liefern, denn Kühe und Pferde gibt es gar nicht mehr auf Helgoland, seit die Insel so bedeutend kleiner geworden ist. Die Sage geht, dass sie einst in uralten Zeiten mit der Küste Schleswigs verbunden war, und möglich ist das ja auch, denn die Watten, Dünen und Sandbänke an derselben haben eine Ausdehnung von etwa 50 Quadratmeilen, wovon etwa 35 Quadratmeilen auf die Reste des alten Nordfriesland kommen. Die Umgebung der jetzigen Inseln an jener Küste war der Schauplatz von Zerstörung und Untergang im letzten Jahrtausend, allein einhundertsechs Kirchen sollen daselbst vom Wasser zerstört worden sein.

Geschichte und Sage gehen in der Vergangenheit von Helgoland jedenfalls sehr Hand in Hand, die vorhandenen Urkunden beweisen nur, dass die jetzt 1875 Meter davon entfernten Dünen oder Sandinseln, zu denen die Kurgäste jeden Morgen hinüberfahren, um die wegen ihres kräftigen Wellenschlags berühmten Seebäder zu nehmen, früher durch einen Steinwall mit der Insel verbunden waren. Außerdem schützte ein weißer Gipsfelsen, die *Witteklipp* genannt, die 2200 Meter langen und 320 Meter breiten Dünen vor dem Anprall der Wogen und Stürme, und war im sechzehnten Jahrhundert noch ebenso hoch wie der rote Felsen von Helgoland. Aber die starke Brandung und Hochfluten zerstörten nach und nach die Witteklipp, und am Weihnachtsabend 1720 durchbrach eine gewaltige Sturmflut auch den Steindamm, und dadurch wurden die Dünen für immer von der Insel getrennt.

Über die Bewohner und Herrscher von Helgoland in alten

Zeiten berichten deutsche Urkunden aus dem neunten und elften Jahrhundert – die letzteren von Adam von Bremen geschrieben –, dass seit dem sechsten Jahrhundert ein germanischer Volksstamm, die Friesen, Vorfahren der jetzigen Bewohner, auf der Insel lebten.

Alte römische Geschichtsschreiber behaupten, dass vier Jahre nach Christi Geburt unter Tiberius' Führung eine römische Flotte in die Elbe einlief, nachdem sie zuvor von Helgoland Besitz genommen, und dass später die Zimbern sich dort niederließen, die dann von den Friesen vertrieben wurden. Sicher ist auch, dass die alten germanischen Völker an der Küste zu der friedlich stillen Insel hinüberfuhren, um dort ihre Götter zu verehren, und dass besonders die Friesen, deren König Radbod dort jahrelang wohnte, ihrer Göttin Hertha, der Mutter der Erde, und später dem Fosites daselbst einen Tempel errichtet hatten. Die christlichen Missionare Wilfried, Willibrod und Wigbert zerstörten denselben und suchten die Friesen zum Christentum zu bekehren, aber das gelang erst erfolgreicher hundert Jahre später dem heiligen Luidgar, der auf Karls des Großen Befehl zu ihnen kam.

Von diesem heidnischen Götzendienst der alten Germanen stammt auch wahrscheinlich der Name *Heiligenland*, woraus im Laufe der Zeiten Helgoland wurde, während andere Forscher behaupten, dass vor Jahrtausenden ein dänischer Häuptling, namens *Helgo*, über das Meer fuhr und die wunderbare Felseninsel in der Nordsee entdeckte, sich dort als König festsetzte und ihr den Namen Helgoland gab. Wahrscheinlicher aber ist die Ableitung von *Hillige Lunn* Heiligenland, wie sie in den ältesten Urkunden und in dem sehr alten Wappen genannt wird, das folgende Inschrift trägt:

»Grön is det Lunn   »Grün ist das Land
Road is de Kant   Rot ist die Kant
Witt is de Sunn   Weiß ist der Sand
Det is det Wappen   Das ist das Wappen
Von't hillige Lunn.«   Von Helgoland.«

Nach dem neunten Jahrhundert, als die Herrschaft der Friesenkönige zu Ende war, scheint jede Gemeinschaft zwischen Helgoland und dem Festland aufgehört zu haben, da der Geschichtsschreiber Adam von Bremen erzählt, dass ein Bischof Eilbert ums Jahr 1050 die von Einsiedlern bewohnte Insel aufgefunden und dort ein Kloster gegründet habe. Zu jener Zeit machten die Normannen durch ihre Seeräubereien alle Meere und Küsten unsicher und hatten auf Helgoland ihren Hinterhalt, von wo aus sie die Schiffe überfielen, aber den Insulanern nichts zuleide taten, weil sie den Glauben hatten, dass sie Schiffbruch erleiden müssten, sobald sie dieselben beraubten. Dahingegen erzählt man sich heute noch auf der Insel viele Schandtaten der berüchtigten Seeräuber des fünfzehnten Jahrhunderts, die ihre Vorfahren arg bedrückten und den Schiffen der reichen Hamburger Kaufherren auflauerten. Ihr Anführer, der grausame Störtebeker, soll auf der Düne eine Burg gehabt, und in einer Grotte daselbst seine geraubten Schätze verborgen haben, bis es endlich der vereinten Anstrengung des Hansabundes gelang, die Mordgesellen zu überwältigen; Störtebeker wurde gefesselt nach Hamburg gebracht und dort hingerichtet.

Im sechzehnten Jahrhundert entbrannte ein heftiger Streit zwischen den Hansastädten, die auf Helgoland mehrere Handelsfaktoreien errichtet und einen Leuchtturm gebaut hatten, und den Herzögen von Schleswig; aber die letzteren siegten und behielten die Insel als Eigentum, bis 1684 ein dänischer Admiral sie eroberte und sie ein ganzes Jahrhundert im Besitz der Könige von Dänemark blieb. Im Jahr 1807 setzten sich die Engländer in ihren Besitz, um sie als Seestation und Stapelplatz für ihre Waren zu benutzen, als Napoleon, der französische Tyrann, die Kontinentalsperre eingeführt hatte, um den englischen Handel zu verderben. Keinerlei englische Kolonialwaren durften auf das Festland gebracht werden, da wurden sie auf Helgoland gelagert und heimlich im Schutze der Nacht in die Nordseehäfen geschmuggelt, wobei die Helgoländer viel Geld verdienten.

Beim Friedensschlusse 1814, nach Napoleons Sturz, trat Dänemark die Insel förmlich an England ab, aber der englische Gouverneur musste den Bewohnern auf Befehl seiner Regierung ungeschmälert ihre alten Vorrechte, sowie den Gebrauch der deutschen Sprache in Kirche und Schule lassen, sie brauchten auch keinerlei Abgaben an England zu bezahlen, trotzdem dasselbe alle großen Ausgaben für die Insel übernahm, den prächtigen, neuen Leuchtturm erbaute und den Unterhalt desselben bestritt. Die Gemeindeverwaltung steht unter sechs Ratsherren und sechzehn Ältesten, die von den Einwohnern unter sich gewählt werden, und der Gouverneur braucht nur der Form wegen seine Einwilligung zu ihren Bestimmungen zu geben.

Der brave Quartermeister saß mit den vier Knaben in der warmen Aprilsonne auf der Bank des alten Leuchtturms, während er ihnen all diese Mitteilungen über die Vorgeschichte der Insel und ihre jetzigen Verhältnisse machte, dann führte er sie noch an die Südspitze, das *Sadhurn* genannt. Von diesem

Punkte aus hat man den schönsten Blick zu der Düne, weit über das Meer hinaus, und nach rechts über die wildzerklüftete Westkante des Oberlandes; dicht davor liegt der seltsam geformte, ganz von der Insel getrennte Felskegel, den die Helgoländer »Mönch« nennen und an den sie eine eigentümliche Sage knüpfen. Zur Zeit der Reformation kam ein früherer Mönch nach Helgoland, um den Bewohnern die Lehre Luthers zu predigen, aber vergebens bemühte er sich, sie dazu zu bekehren, sie ließen sich nicht von ihrer Wahrheit überzeugen, und ein Teil der Einwohner war so aufgebracht über den frommen Mann, dass sie ihn eines Tages im wilden Zorn vom Felsen der Südspitze hinunter ins Meer stürzten. In der auf die Mordtat folgenden Nacht brach ein fürchterlicher Orkan aus, wie man ihn in solcher Heftigkeit noch nie erlebt hatte; er löste einen großen Felskegel von der Südspitze ab, der zum Entsetzen der Mörder ganz die Gestalt des Mönches trug, und in der abergläubischen Furcht ihres bösen Gewissens glaubten sie jede Nacht die Donnerstimme ihres Opfers zu hören, mit der es den Bewohnern der Insel Buße und Glauben predigte. Viele bekehrten sich nun zu dem neuen lutherischen Glauben, der sich nach und nach über die ganze Insel verbreitete; noch heute geht die Sage, dass sich der Mönch auch jetzt von Zeit zu Zeit zeigt, besonders den Missetätern als Warner und auch als Vorverkündiger eines kommenden Unglücks.

Als Erich an dem Abend, nachdem er so viel Interessantes über die ihm jetzt sehr lieb gewordene Insel erfahren hatte, nach Hause zurückkehrte, wartete seiner eine große, freudige Überraschung. Sein geliebter Lehrer, Doktor Bucher, aus der deutschen Vaterstadt Klausthal, war ganz unverhofft mit einem

Lotsenkutter auf Helgoland eingetroffen, um seinem Jugendfreund, Doktor Walder, und dessen Familie endlich den lange schon versprochenen Besuch zu machen, und ihnen mitzuteilen, dass er zum Gymnasialdirektor in Goslar ernannt sei, und schon Ostern seinen neuen Beruf dort antreten müsse. Er wusste, dass Erichs Eltern beabsichtigten, denselben in diesem Jahr auf die Schule nach Klausthal zu bringen, weil sie den Privatunterricht beim Prediger und dem englischen Hofmeister der Gouverneurssöhne nicht mehr für genügend hielten, nun der Knabe bald dreizehn Jahre alt und die Vorbildung auf einem deutschen Gymnasium notwendig für seine späteren Universitätsstudien war. Doktor Bücher benutzte daher die jetzigen Osterferien, um mit seinen Freunden persönlich deshalb Rücksprache zu nehmen, und schlug ihnen vor, Erich nun nicht nach Klausthal, sondern auf das viel bessere Gymnasium in Goslar zu senden, wo er selbst ihn dann unter seine besondere Obhut nehmen wolle. Er fügte hinzu, dass die Kränklichkeit seiner Gattin ihm nicht gestatte, den Knaben ganz in seiner eigenen Familie aufzunehmen, dass aber in dem oberen Stockwerk seines Hauses die sehr brave, liebenswürdige Predigerwitwe Bremer wohne, mit der Frau Doktor Walder in ihrer Jugend sehr befreundet war, und dass dieselbe stets drei fremde Knaben vom Lande, die die Schule besuchen mussten, bei sich in Pflege und mütterliche Obhut nähme. Der älteste derselben sei jetzt fortgezogen, weil sein Vater als Beamter eines kleinen Ortes zu Ostern in die Stadt versetzt sei und seinen Sohn nun selbst erziehe; da könne Erich dessen frei gewordenes Zimmer bei der Frau Pastorin sofort bekommen und mit ihm zusammen die Reise nach Goslar antreten.

Doktor Walder erkannte sogleich die großen Vorteile dieses

Vorschlags, seine Gattin ebenfalls, aber dennoch blutete das Mutterherz bei dem Gedanken an eine so nahe, plötzliche Trennung von ihrem Liebling, die sie erst nach dem Schluss der Sommerferien im August erwartet hatte. Als Erich, strahlend vor Freude über den Besuch seines früheren, so sehr von ihm verehrten Lehrers, ins Zimmer trat, sah er sofort Tränenspuren und einen wehmütigen Ausdruck auf dem Antlitz seiner teuren Mutter, und begriff nicht, was wohl die Ursache davon sein könne, bis ihm der Vater mitteilte, dass Doktor Bucher gekommen sei, um ihn zu holen; vierzehn Tage würde er auf Helgoland bleiben, und ihn dann mit auf die Schule nach Goslar nehmen. Nun hatte auch der leicht von seinen Gefühlen überwältigte Knabe große Mühe, die aufsteigenden Tränen zu bekämpfen; wohl erinnerte er sich, wie schwer es ihm vor drei Jahren geworden, die geliebte Heimat in den Bergen zu verlassen, und wenn jetzt die Eltern mit ihm dahin zurückkehren könnten, dann würde er gejubelt haben, aber ohne sie und sein Schwesterchen – so bald schon fort von allen, von seinem heißgeliebten Meer – das wurde ihm doch sehr schwer. Aber der gütige Lehrer, der seinetwegen die weite Reise gemacht hatte, sollte das nicht merken, darum verließ er schnell das Zimmer und folgte der Mutter hinaus, umarmte sie stürmisch, dann brach er in heftiges Weinen aus. Diese aber, eine sehr fromme, pflichtgetreue Frau, hatte sich inzwischen gefasst. Sie stellte ihm vor, dass es ja nicht anders sein könne, dass der Vater im August, wenn so viele Kurgäste da seien, Helgoland nicht verlassen dürfe, um ihn beim Beginn der Schule fortzubringen, erinnerte ihn auch an Doktor Buchers große Güte, seinetwegen hierher zu kommen, und dass er doch nicht im Spätsommer noch einmal die weite, teure Reise machen könne, versprach ihm aber fest, den Papa zu bitten, im Herbst nach der Kurzeit mit ihr und Helga nach Goslar zu reisen, um ihn für längere Zeit zu besuchen.

So gelang es ihr nach und nach, Erich wieder aufzuheitern, er gedachte auch der Ermahnungen seines alten Freundes, wie der Quartermeister ihn stets gebeten, seine eigenen Wünsche zu unterdrücken und alles geduldig und ergeben hinzunehmen, was Gott ihm schicke, und wenn auch etwas ernster wie gewöhnlich, erzählte er doch am nächsten Morgen mit ruhiger Fassung dem biederen Seemann und seinen Spielgefährten, was die Eltern und der Lehrer aus der Heimat über ihn beschlossen hatten.

Nur zu schnell verflogen die nächsten vierzehn Tage mit den Vorbereitungen zur Abreise, und dann kam die trübe Abschiedsstunde, die allen Beteiligten sehr schwer wurde, aber der lebhafte Knabe mit dem angeborenen heiteren Gemüt überwand sie doch weit schneller als seine weiche Mutter, und die neuen Reiseeindrücke halfen ihm sehr dabei. Die Fahrt in der Postschaluppe über sein geliebtes Meer, das Wiedersehen der Berge und seiner einstigen Schulgefährten machten ihm große Freude, denn in Klausthal verlebte er bei der Familie Bucher die ersten Tage, dann führte ihn der Gymnasialdirektor nach Goslar und übergab ihn der Obhut der neuen Pflegemutter, die ihn als den Sohn ihrer geliebten Jugendfreundin mit großer Herzlichkeit empfing und ihm gleich sein hübsches Giebelzimmer mit der Aussicht auf die grünen Tannenberge des Harzes zeigte.

»Hier wirst du nun schlafen und deine Schularbeiten machen, lieber Erich«, sagte sie, »die übrige freie Zeit und die Abende bringst du mit den beiden Kameraden, die morgen eintreffen werden, stets bei mir im Familienzimmer zu und musst dich immer bei mir wie zu Hause fühlen.« Die gütige

Frau verstand es meisterhaft, das Herz der Knaben zu gewinnen und ihnen durch treue, mütterliche Sorge und Teilnahme an allen ihren kleinen Freuden und Leiden die Trennung von den Eltern zu erleichtern. Erich schrieb bald sehr zufriedene, ja fröhliche Briefe nach Helgoland, sowohl an Vater und Mutter wie an die dortigen Spielkameraden und an seinen besten Freund, den alten Seemann. Als er dann einige Wochen den Schulunterricht genossen, da sah er auch bald ein, dass derselbe doch so ganz anders, so viel besser und interessanter sei als die früheren Privatstunden auf der Insel; besonders Geographie und Geschichte, die Doktor Bucher selbst lehrte, wurden sein Lieblingsstudium, und es war sein höchster Genuss, wenn derselbe ihm auf Spaziergängen alle die historischen Kunstschätze der alten, einst so prächtigen Reichsstadt Goslar zeigte, die Stätten, wo die mächtigsten deutschen Kaiser gelebt und ihre glänzenden Reichstage abgehalten hatten.

Doktor Bucher verstand es, die vom Vater schon ererbte Liebe zum Vaterland noch mehr anzufachen; er führte ihn oft in das ungeheure, alte Gebäude, die »Kaiserpfalz« genannt, die im Jahr 1050 von Kaiser Heinrich III. gegründet und die Geburtsstätte Heinrich IV. war, und erzählte ihm von den dreiundzwanzig großen Reichsversammlungen, die in Deutschlands Glanzperiode dort stattfanden.

»Aber warum wird denn wohl solch ein ehrwürdiges Denkmal einer großen Vorzeit jetzt als Kornmagazin benutzt?«, fragte Erich unwillig, als er zum ersten Mal hineintrat, »solche historische Denkstätten sollte man doch besser in Ehren halten!«

»Da hast du freilich recht, mein Sohn, aber wir haben ja leider kein großes, mächtiges Reich mehr!«, rief Doktor Bucher traurig, »es ist zerfallen, zersplittert, in zweiunddreißig kleine, ohnmächtige Fürstentümer geteilt, die nicht einmal untereinander in Frieden leben. Oh, Erich, das ist der schönste Traum, die größte Hoffnung meines Lebens, dass Deutschland noch einmal wieder erstehen möge zu einem großen, mächtigen, Welt gebietenden Reich, und jeder echte Patriot, der sein schönes Vaterland liebt, würde gewiss mit Freuden sein Herzblut hingeben, wenn er dazu beitragen könnte. Nichts ist mir trauriger auf der Welt, als sehen zu müssen, dass andere Nationen, besonders die Franzosen, die uns von jeher feindlich gesinnt waren, uns verlachen und verspotten und bedrücken, wo sie können, weil wir so ohnmächtig und untereinander nicht einig sind, weil wir eben kein Oberhaupt, keinen mächtigen Deutschen Kaiser mehr haben wie in alten Zeiten –, dem sie alle untertänig sein mussten. Aber wenn mich nicht alle Anzeichen täuschen, wird doch bald eine bessere Zeit anbrechen –, wer weiß, ob wir beide es nicht noch erleben, dass diese alte Kaiserpfalz in Goslar zu neuem Glanze ersteht.«

Auch die anderen zahlreichen Denkmäler einer großen Vergangenheit, die vielen Altertümer und ehrwürdigen Kirchen zeigte der Lehrer Erich auf den gemeinsamen Spaziergängen, und dieser staunte über die Reste der gewaltigen Ringmauern mit einem Zwingerturm, der sieben Meter dicke Mauern hat und begriff es nun, dass die alte Reichsstadt – wie er aus dem Geschichtsunterricht wusste – im Jahr 1625 während des Dreißigjährigen Krieges erfolglos belagert wurde. Aber später mit dem Verfall des Deutschen Reiches erblich der Glanz der alten Stadt mehr und mehr, im Jahr 1802 verlor sie die Reichsunmittelbarkeit und kam an Preußen, 1807 an Westfalen und nach Napoleons Sturz an Hannover.

Auf Erichs Bitten machte Doktor Bucher auch mit ihm und seinen Kameraden wiederholt Einfahrten mit den Bergleuten in die reichen Gruben des Rammelsberges, der dicht bei Goslar liegt, wo schon seit dem Jahr 968, als die Franken den ersten Schacht bohrten, so viel Silber, Kupfer, Blei, Schwefel und auch etwas Gold gewonnen wird.

In den Sommerferien unternahm Erich mit seinem geliebten Lehrer große Fußtouren durch das ganze Harzgebirge und schrieb begeisterte Briefe über alles, was er sah, nach der fernen Insel. Dann kam der Oktober heran und mit ihm der Besuch seiner Eltern und Schwester, der sich jeden Spätherbst wiederholte, während Erich alle Jahre, zu Ostern oder Weihnachten mitunter von Doktor Bucher begleitet, die Ferien auf Helgoland zubringen durfte.

So vergingen im Fluge mehrere Jahre; aus dem Knaben war ein hochgewachsener sechzehnjähriger Jüngling geworden, der Eltern und Lehrern durch seine vortrefflichen Zeugnisse viel Freude machte und sie zu der Hoffnung berechtigte, dass er ungewöhnlich früh die Schulzeit überstanden haben würde, und schon vor dem achtzehnten Jahr die Universität beziehen könnte. Aber der Mensch denkt, und Gott lenkt! Lenkt alles oft so ganz anders, als wir denken und planen, das hatte der alte Bootsmann zu Helgoland dem dreizehnjährigen Knaben so oft gesagt, nun musste er es selbst erfahren, als über ihn und seine Familie eine schwere Prüfung hereinbrach, die seinem Geschick eine ganz andere Wendung gab.

Bei dem letzten Besuch seiner Eltern im Spätherbst fiel es Erich sehr auf, dass sein Vater ungewöhnlich ernst war, auch nie mehr größere Bergtouren wie sonst mit ihm unternahm, auf den gemeinsamen Spaziergängen der Familie bekam er häufig Atembeschwerden, blieb dann auf einem Ruheplätzchen allein zurück und bestand darauf, dass die übrigen weitergingen. Erich bemerkte dann, dass seine Mutter jedes Mal tief bekümmert aussah, und sie erzählte ihm auf sein Befragen, dass der Papa seit einiger Zeit von einem Herzleiden befallen sei, das ihr große Sorge bereite. Auch im folgenden Winter erhielt er oft trübe Nachrichten über des Vaters Befinden, und mit Ungeduld ersehnte die Mama in ihren Briefen die Osterferien herbei, wo ihr Liebling wieder für einige Wochen nach Helgoland kommen durfte und den Vater zerstreuen konnte.

Erich machte dieses Jahr die Reise ohne Doktor Bucher, der durch Berufsgeschäfte verhindert war, und mit klopfendem Herzen sah er in der Ferne den roten Felsen in der Nordsee aufsteigen, als er dem Führer der Postschaluppe, wie er es so oft getan, beim Spannen oder Reffen der Segel oder am Steuer behilflich war.

Nicht so jubelnd wie sonst bei seiner Ankunft, begrüßte er dann den biederen, alten Bootsmann Hamke, der ihn am Strand erwartete; es war ihm, als ob ein Alp sich auf seine Brust lagerte, eine böse Ahnung ihn beschlich, als derselbe ihm mit ernster Miene die Hand schüttelte, mit den Worten: »Gott sei Dank, dass Sie wieder da sind, Herr Erich, die Freude, Sie zu sehen, wird dem Herrn Papa mehr nützen als all die Arzneien und ihn hoffentlich bald wieder gesund machen.«

»Geht es ihm denn so schlecht, ist er ernstlich krank?«, fragte Erich erschrocken, »ich bekam seit vierzehn Tagen keinen Brief mehr, tröstete mich aber damit, dass die Postschaluppe wahrscheinlich wegen der Stürme in den letzten Wochen nicht wie sonst alle Montag nach Cuxhaven gesegelt sei und die Mama ohnedies wusste, dass ich gleich bei Beginn der Osterferien abreisen würde, aber so ist am Ende Papas Befinden schuld an ihrem Schweigen?«

»Ja, Herr Erich, der Herr Doktor war vorige Woche sehr krank an Herzwassersucht, und sein Freund, der Gouverneur, ließ deshalb einen berühmten Arzt aus Hamburg herüberkommen, der mehrere Tage hier blieb, bis der Zustand etwas besser wurde und die große Atemnot nachließ, dann reiste er wieder ab und schickte einen jüngeren Kollegen, der einstweilen auf der Insel bleiben und Ihren Vater und dessen Patienten behandeln soll. Aber erschrecken Sie nur nicht so sehr, lieber Herr Erich, Sie sind ja kreidebleich geworden und wissen doch, dass unser aller Leben in Gottes Hand steht, er kann immer helfen und retten, wenn es auch noch so schlimm geht, ihm wollen wir Ihres guten Vaters Gesundheit empfehlen, und Sie müssen als starker, nun erwachsener Sohn, eine rechte Stütze der armen, zarten Frau Mutter sein, die sonst vor Sorge und Herzeleid zusammenbricht und sich sehr nach Ihnen sehnt. Ich war alle Tage einige Mal bei ihr, und als sie durchaus jemand in der Nachtwache bei dem Kranken ablösen musste, da habe ich das natürlich übernommen, und Helgachen ist seit acht Tagen meistens in unserem Haus bei ihrer Herzensfreundin Marie, denn so ein Krankenzimmer passt doch nicht für ihre jungen Jahre.«

Erich umarmte dankbar den treuen, alten Freund seiner Familie, als er sich nun am Fuß der Treppe von ihm verabschiedete, und stürmte mit unendlich banger Sorge hinauf ins Oberland an das Herz der treuen, bleichen Mutter, die ihm unter heißen Tränen die namenlosen Leiden des armen Vaters schilderte. Überwältigt von Schmerz kniete er dann bald nachher an dessen Lager nieder, und bedeckte die abgemagerten Hände des Kranken mit heißen Küssen, während seine Mutter das Zimmer verließ, um nach Helga zu sehen, da Karos lautes Gebell vor dem Haus ihre Rückkehr vom

Spaziergang mit Marie und ihrer Erzieherin verkündete.

»Gottlob, dass du noch zur rechten Zeit kommst, mein Sohn!«, flüsterte der Kranke, und legte die Hand wie segnend auf Erichs lockiges Haar, »ich habe dir noch so viel zu sagen, ehe es nun wohl bald mit mir zu Ende gehen wird, und habe mich sehr geängstigt, dass du zu spät kommen würdest, ich fühle, dass das Wasser, das meine Beine so unförmlich angeschwellt hat, höher und höher steigt, aber Gott hat dem schwachen Herzen noch gnädig so lange Kraft gegeben, dass ich Wichtiges mit dir besprechen kann. Gib mir jene Tropfen, sie helfen mir immer zu leichterem Atmen, das mir oft so schwer wird, und nun setze dich mir gegenüber auf jenen Stuhl – du armer Erich, bist noch so jung, und dennoch musst du wohl bald die einzige Stütze deiner schwächlichen Mutter, deiner kleinen Schwester sein. Aber ich kenne dich, du wirst deine Aufgabe brav und tapfer vollführen, darüber mache ich mir keine Sorge, nur eins quält mich sehr, aber ehe ich es dir sage, sollst du mir offen und ehrlich eine Frage beantworten. Es sind jetzt über drei Jahre verflossen, seit du nie mehr ein Wort, weder mündlich noch schriftlich, über deinen einst so heißen Wunsch gegen uns geäußert, dass du Seemann werden möchtest; hast du diese Lust verloren, möchtest du jetzt wirklich lieber bei deinen Studien bleiben und dich dem Beruf des Arztes widmen, dem ich dich von jeher bestimmte? Sag' mir die volle Wahrheit, wie du es deinem Vater schuldig bist, sprich dich so aus, als wenn du vor Gottes Richterstuhl ständest.«

Eine tiefe Bewegung kämpfte in Erichs Brust, es war nicht nur der Schmerz über den drohenden Verlust des teuren Vaters und der Anblick seines schweren Leidens, die ihm die Antwort erschwerten, es war auch die Furcht, ihm noch einen Kummer zu bereiten, wenn er ihm offen erzählte, wie schwer ihm der Kampf geworden, seine schönen Jugendpläne zu unterdrücken. Aber dennoch war es ihm bei seinem offenen, biederen Charakter unmöglich, jetzt eine Unwahrheit zu sagen, so erzählte er denn ganz aufrichtig, dass er vor drei Jahren auf eine ergreifende Ermahnung seines alten Freundes, des Quartermeisters, den Entschluss gefasst hatte, seinem eigenen, noch heute ebenso heißen Wunsch, Seemann zu werden, aus Liebe zu den Eltern zu entsagen. »Aber ich bitte dich, lieber Vater«, fügte er hinzu, »mache dir doch deshalb keine Sorgen, ich habe es jetzt längst überwunden, mich ganz an den Gedanken gewöhnt, dass es nicht sein kann, meine Studien machen mir große Freude, und ich bin überzeugt, dass ich auch als Arzt einmal glücklich und zufrieden sein kann, und will meinen Beruf gewissenhaft durchführen.«

»Gott erhalte dir dein gutes, aufrichtiges Herz, mein braver Junge!«, rief der Kranke mit fast freudigem Ausdruck auf seinem bleichen Antlitz und atmete wie erleichtert auf, »nun kann ich ruhiger sterben, Gott hat alles zum besten gelenkt; so höre denn, was mich in diesen letzten Monaten so namenlos gequält hat. Du hast ja jetzt schon einen Begriff davon, mit welch großen Kosten die langen Schul- und Universitätsjahre verbunden sind, du weißt aber nicht, dass deine Eltern gar kein Vermögen haben, wir besitzen nicht viel mehr als dieses Haus, denn der Ertrag meiner Praxis reichte gerade für unser Leben und die Bezahlung deines Kost- und Schulgeldes. Solange mein alter Onkel noch lebte und wir alle jeden Sommer seine Gäste waren, verdiente ich mehrere tausend Taler als sein Assistent hier auf der Insel, die ich zurücklegen konnte, aber die müssen doch für deine arme Mutter und Helga bleiben, denn der Erlös meiner kleinen Lebensversicherung reicht nicht für ihren

Lebensunterhalt, wenn ich nicht mehr bin. Ich hatte gehofft, Gott würde mich so lange erhalten, bis du deine Studien vollenden könntest, aber er hat es in seiner Weisheit anders beschlossen, vielleicht zu deinem Glücke, mein Erich, denn nun soll dein langjähriger Wunsch erfüllt werden; studieren sollst du nicht, obgleich mir dein Lehrer, Doktor Bucher, vorigen Herbst, als ich anfing leidend zu werden, das Versprechen gab, Stipendien für dich zu erwirken, Freiplätze, wie sie jede Schule und Universität in Deutschland für talentvolle, fleißige Schüler besitzt.

»Nun ich aber deinen wahren Herzenswunsch kenne, ist es mir weit lieber, wenn du Seemann wirst. Deine fromme, verständige Mutter wird sich darein finden, wird es selbst nicht wünschen, dass du stets mit Not und Sorgen kämpfst, wie ich es in meiner Jugend tun musste, und wodurch wahrscheinlich der Keim zu meinem jetzigen Leiden gelegt wurde. Mit deiner Bildung wirst du durch Vermittlung meines Freundes, des Gouverneurs, der es mir versprochen, gleich eine gute Stelle als Seekadett in englischen Diensten bekommen mit einem guten Verdienst, der dich vor aller Not schützt, und bei rasch steigender Einnahme, wenn du sparsam bist, deine Mutter und Schwester unterstützen können. Gott sei Dank! dass ich mit dir selbst noch sprechen konnte, der Gouverneur hatte mir freilich sein Wort gegeben, dir statt meiner die Frage vorzulegen, die du mir eben beantwortet hast, falls du zu spät gekommen wärest, aber nun kann ich ruhiger meine Augen schließen.«

»Sprich nicht so, lieber Vater«, rief Erich erschüttert, »Gott wird gewiss unsere Gebete erhören und dich wieder gesund machen, der gute, erfahrene Quartermeister erzählte mir bei meiner Ankunft, dass ihm der berühmte Hamburger Arzt gesagt habe, man könne mit einem Herzleiden sehr alt werden, wenn man recht vorsichtig lebe und vor Sorgen und Aufregungen behütet werde, wenn auch von Zeit zu Zeit solche Atembeschwerden und böse Anfälle einträten, wie du sie jetzt durchgemacht hast.« Doktor Walder schüttelte ernst den Kopf, und in diesem Augenblick trat sein neuer Assistent herein; Erich ging nach herzlicher Begrüßung hinaus, um die Mutter zu holen und Helga aufzusuchen, die er noch gar nicht gesehen hatte. Sie war mit ihrer Freundin Marie beschäftigt, den Blumengarten, der das Schweizerhäuschen umgab, unter Anweisung der Erzieherin von Unkraut zu reinigen, und Erich, zu erregt von all den erschütternden Eindrücken, verließ bald die harmlos plaudernden Kinder, um sich in der Einsamkeit seines trauten Giebelzimmers mit der herrlichen Aussicht auf die weite, wogende Nordsee zu sammeln und zu beruhigen.

Wie viel war in dieser kurzen Stunde seiner Heimkehr in das Elternhaus auf ihn eingestürmt, namenloser Schmerz über das schwere Leiden seines Vaters und dessen vielleicht nahen Verlust, und dann wieder die unerwartete Freude, dass die so lange bekämpfte schönste Hoffnung seines Lebens nun dennoch erfüllt werden sollte, erfüllt auf den Wunsch seines geliebten Vaters! Aber die arme, teure Mutter? würde auch sie sich jetzt mit dem ihr früher so schweren Gedanken ausgesöhnt haben? Das fragte er sich mit banger Sorge, bis sie selbst ihn schon in den nächsten Tagen davon befreite, als sich der Zustand des Kranken ganz unerwartet bedeutend besserte.

Augenscheinlich hatte Erichs Ankunft und die Unterredung mit ihm eine drückende Sorgenlast von ihm genommen, er fand wieder stärkenden, ruhigen Schlaf, und ließ sich am dritten Tag mit Erlaubnis des Arztes durch Erich und Vater Hamke, wie die Kinder den Quartermeister nannten, in einem Sessel auf die sonnige Altane tragen. Die frische Seeluft tat ihm unendlich gut, er war imstand, lange Beratungen erst mit seiner Gattin, dann mit dem befreundeten Gouverneur zu halten, und die Hoffnung kehrte in aller Herzen zurück.

Wenn auch noch bleich und angegriffen von all den sorgenvollen Wochen war Erichs Mutter doch beinahe heiter, als sie eines Abends mit ihrem Sohn auf des Kranken Wunsch einen Spaziergang zur Südspitze des Oberlandes unternahm, und dann von selbst das Thema mit ihm besprach, das er aus zarter Rücksicht gegen sie bis jetzt noch nicht zu berühren wagte.

»Wie freut es mich, mein Erich«, sagte sie milde, »dass du deinem Vater so aufrichtig deine geheimen Herzenswünsche ausgesprochen hast, ich will dir nur gestehen, dass ich mir oft in den letzten schweren Wochen ernste Vorwürfe darüber gemacht habe, dass ich hauptsächlich schuld daran bin, dass du deinem Wunsch, Seemann zu werden, bis jetzt nicht folgen durftest. Aber ich dachte vor vier Jahren, du seiest noch zu sehr Kind, um eine so wichtige Entscheidung über den Lebensberuf zu treffen, und als du dann in Goslar bei deinen Studien so glücklich warst, glaubten wir fest, du habest die Neigung deiner Knabenjahre völlig vergessen und verloren. Im letzten Winter, als dein Vater durch sein Herzleiden oft in sehr trüber Stimmung war, sprach er mir dann zum ersten Mal seine Sorgen darüber aus, ob es möglich sein würde, die großen Kosten deiner Universitätsjahre zu bestreiten. Wenn Gott ihn, wie ich hoffe, wieder gesund werden lässt ...«, fügte sie mit bebenden Lippen und aufsteigenden Tränen hinzu, »dann wäre es ja leicht möglich gewesen, aber nun wir wissen, dass du noch heute denselben heißen Wunsch hast, den Seemannsberuf zu wählen, ist es sicher das beste für uns alle; der Vater hat dann keine Sorgen mehr, kann sich schonen und dem jungen

Assistenten alle Patienten im Unterland überlassen, damit er die beschwerliche Treppe nicht so oft zu steigen braucht, und du, mein guter Erich, der du mir zulieb so brav gekämpft hast, wirst, so Gott will, recht glücklich. Ich will mich auch nicht um dich ängstigen, dich ruhig Gottes Schutz übergeben, und da du jetzt so viel älter bist, und viel gelernt hast, wird es mir auch viel leichter, dich in so weite Ferne ziehen zu lassen.«

»O wie danke ich dir, du liebe, liebe Mama!«, rief Erich strahlend, und nachdem er sie stürmisch umarmt hatte, führte er sie auf die Bank am alten Leuchtturm und machte sie auf ein großes, prächtiges Schiff aufmerksam, das in der Ferne vorüberfuhr. »Sieh nur, wie schön das ist«, sagte er bewundernd, »gleicht es nicht mit seinen ausgespannten Segeln einem stolzen Schwan? O, Mamachen, werde ich wirklich das Glück haben, einst solch einen herrlichen deutschen Dreimaster oder Dampfer zu kommandieren? Denn nicht wahr, du überredest doch den Papa, dass er mich auf deutschen Schiffen fahren lässt, er sprach zu meinem Erstaunen neulich von englischen Seediensten, und dass der Gouverneur mir dazu verhelfen würde.«

Ein Schatten flog über der Mutter Antlitz, und sie sagte ernst: »Du darfst dem Vater darin nicht widersprechen, lieber Erich, er ist ja selbst mit ganzem Herzen ein Patriot wie du, aber er hat es oft mit Bedauern ausgesprochen, dass Deutschlands Schifffahrt weit hinter der englischen zurücksteht, dass sowohl die Kapitäne wie die Matrosen auf deutschen Schiffen, mit seltenen Ausnahmen, wenig gebildet sind. Denke dir nun, wie schwer es dir werden würde, wenn du mit deinen sechzehn Jahren und deinem Bildungsgrad als Schiffsjunge unter so rohen Matrosen mehrere Jahre ausschließlich zubringen müsstest, und wenn du auch die niedere Arbeit nicht scheuen sollst, denn die musst du auch, wie Hamke sagt, als englischer Seekadett verrichten und gründlich lernen, so wäre es uns doch sehr unangenehm, dich stets in so roher Umgebung zu wissen. Darum hat dein Vater recht, wir müssen dem Gouverneur sehr dankbar sein, wenn er dir wirklich eine Anstellung als angehender Offizier verschaffen kann, denn er sagt, ein tüchtiger Seekadett wird bei guter Führung schon nach zwei bis drei Jahren Leutnant, und hofft, dass ihm seine Verwendung für den Sohn des Arztes auf einer zu England gehörenden Insel, mit deinen guten Schulzeugnissen und mit der Hilfe eines ihm nahe verwandten Admirals nicht fehlschlagen wird.

»Lass dich das nicht betrüben, mein Sohn«, fuhr sie fort, als sie den freudlosen Ausdruck sah, der sich auf dem vorhin so glückstrahlenden Antlitze ihres Lieblings gelagert hatte, »wenn dein Lehrer, Doktor Bucher, recht hat, wenn, wie er seit Jahren prophezeit, für Deutschland bald ein neues Morgenrot anbrechen wird, wenn es wirklich zu neuer Macht und Einigkeit erstehen sollte, dann hebt sich auch sicher die deutsche Schifffahrt, und es ist dann immer noch Zeit für dich, in deutsche Dienste zurückzukehren.« Erich sah wohl ein, dass die Eltern recht hatten, aber er war mit so ganzer Seele deutsch, dass es ihm schwer schien, seine Kräfte für eine fremde Nation zu verwenden, sowie es ihn auch oft im stillen ärgerte, dass die schöne Insel Helgoland den Engländern gehörte, und abends gestand er seinem alten Freund Hamke, dass er viel lieber einige Zeit die niedrigsten Schiffsjungendienste unter deutschen Matrosen verrichten wollte, als Offizier unter den Engländern zu sein. Der erfahrene Seemann antwortete ihm dann aber ganz dasselbe, was ihm die Mutter am Nachmittag vorgestellt hatte, und so bemühte er sich denn, sich so zufrieden als möglich in die Beschlüsse seiner Eltern und Vorgesetzten zu fügen.

Am nächsten Morgen aber schrieb er seinem geliebten Lehrer nach Goslar, als er ihm auf des Vaters Wunsch mitteilte, dass er nicht zu seinen Studien zurückkehren solle, dass sein Glück erst vollständig sein würde, wenn der teure Kranke wieder gesund werde und er selbst in nicht gar zu ferner Zeit seinen schönen, neuen Beruf in deutschen Seediensten ausüben könne.

Fünftes Kapitel.
Der englische Seekadett.

Doktor Walder war selber überrascht über die bedeutende Besserung seines Zustandes, seit ein großer Teil seiner Familiensorgen von ihm genommen war, seine geschwollenen Füße wurden täglich besser, sein Atem freier. Bald konnte er auch wieder langsam in der frischen Luft umhergehen und musste sich als erfahrener Arzt selbst sagen, dass er bei großer Vorsicht, trotz seines ernsten Herzleidens, seine Berufsarbeiten wenigstens teilweise bald wieder mit Hilfe des Assistenten verrichten könne. Täglich erfreute er sich an Erichs glückstrahlendem Antlitz, wenn derselbe von seinen mehrtägigen Segelfahrten mit dem alten, erfahrenen Quartermeister heimkehrte, die sie in einer der größten Helgoländer Schaluppen unternahmen, die sich der alte Bootsmann als Eigentum erworben hatte. Derselbe hielt es für seine Pflicht, Erich, der sein großer Liebling war, in all den Handgriffen und Pflichten seines neuen Berufs eingehend zu unterweisen, und alle waren froh, dass die erhoffte Anstellung auf einem englischen Kriegsschiff nicht so bald erfolgte, und der angehende junge Seemann die Sommermonate mit allen seinen Lieben auf Helgoland zubringen konnte. Dann aber schlug die Trennungsstunde im Herbst unerwartet schnell, als Erich mit der Familie Hamke von einer Reise nach Hamburg zurückgekehrt war.

Er hatte dort mit dem erfahrenen, alten Freund seine Seemannsausrüstung gekauft, bis auf die Uniform, die natürlich ein englischer Admiralsschneider nach Vorschrift anfertigen musste, wenn erst wirklich die Anstellung erfolgt war. Er saß mit seiner Familie gerade beim Abendessen und berichtete in seiner feurigen Weise über die Erlebnisse in Hamburg, schilderte den Eltern die Güte von Mariens alter Base, die sie sämtlich bei sich beherbergt und besonders das Kind und dessen zweiten Lebensretter, den treuen Hund, sowie den alten Hamke mit Güte und Freundlichkeit überschüttet hatte. Da wurde seine lebhafte Erzählung durch den Eintritt des Gouverneurs unterbrochen, der, von allen als lieber Hausfreund herzlich begrüßt, auf Erich zukam und ihm einen großen Brief mit dem englischen Admiralitätssiegel überreichte. Hastig entfaltete Erich das Schreiben und las den Eltern mit vor innerer Erregung bebenden Lippen die folgenden Worte vor:

»Die hohe Admiralität hat Herrn Erich Walder, Sohn des Arztes auf Helgoland, mit Heutigem zum Volontär I. Klasse und Midshipman auf Ihrer Majestät Kriegsbrigg *Viktoria* ernannt, und haben Sie sich am 1. Oktober d. J. in Sheerneß an Bord zu melden.

Im Auftrag

der Sekretär.«

An Herrn Erich Walder
auf Helgoland.

»Also schon in zehn Tagen«, rief die Mutter und reichte dann wie Erich und dessen Vater dem gütigen Gouverneur mit innigen Danksagungen die Hand. »Gott sei mit dir, mein Liebling!«, flüsterte sie leise, als sie den glückstrahlenden, jungen Seekadetten bewegt in ihre Arme schloss.

Und sechs Tage später brachte Vater Hamke seinen Zögling nach der schweren Abschiedsstunde, von den Segenswünschen der Eltern begleitet, nach Hamburg, von wo er sich binnen drei

Tagen mit einem kleinen Dampfer nach London einschiffte. Er hatte nicht Zeit, die Riesenstadt, die ihm aus »Peter Simpel« und anderen Seegeschichten seines Lieblingsschriftstellers, Kapitän Marryat, schon so bekannt war, jetzt anzusehen, das musste er für spätere Zeiten verschieben und fuhr gleich mit dem nächsten Eisenbahnzuge nach Sheerneß.

Zu jenen Zeiten, vor etwa vierzig Jahren, als unser Held seinen neuen Beruf antrat, ging die Bahn noch nicht ganz bis dorthin, er musste den letzten Teil der Fahrt mit dem Dampfschiff auf der, kurz vor ihrer Mündung in die Nordsee, hier sehr breiten Themse zurücklegen, und als Sheerneß endlich in Sicht kam, betrachtete er durch sein schönes Fernrohr, das ihm der Gouverneur beim Abschied geschenkt hatte, gespannt die dort vor Anker liegenden Schiffe, um dasjenige herauszufinden, das bestimmt war, ihn als sein schwimmendes Heim für lange Jahre in weite Ferne zu tragen.

»Wo liegt das Kriegsschiff *Viktoria*?«, fragte er einige schmutzige Fischerjungen, die ihn eiligst umringten, um sein Gepäck zu tragen, als er die Landungsbrücke betrat.

»Das wissen wir nicht, aber dort am Strand liegt gleich das Seemannshotel, wohin alle Seeoffiziere gehen, ›Admiral Nelson‹ heißt es!«

So ging er denn zum »Admiral Nelson«, einem anständigen, aber sehr einfachen Gasthaus, das den Namen »Hotel« heutzutage nicht verdienen würde. Es lag am Ende einer sehr schmutzigen Straße und war mehr als einfach eingerichtet, in unserer Zeit würden die Seeoffiziere ein solches Haus sicher nicht betreten. Ja die Zeiten haben sich seitdem sehr geändert, selbst der an Bord eines Kriegsschiffes gewiss nicht verwöhnte Seemann verlangt am Land sein elegantes Hotel mit Teppichen, Sofas, Lese- und Rauchsälen. Damals genügte auch eine gute Empfehlung und Fürsprache neben guter Schulbildung, um ohne Examen gleich als Offiziersaspirant angestellt zu werden, während jetzt erst schwere Vorbereitungsjahre in einer Kadettenanstalt und auf Schulschiffen durchgemacht werden müssen.

»Ein Uniformschneider soll hier in der Nähe wohnen, können Sie mir das Haus zeigen?«, fragte Erich den Kellner, der ihm sein kleines Schlafzimmer im »Admiral Nelson« angewiesen hatte.

»Gewiss Herr, ganz in der Nähe, gleich das dritte Haus rechts.«

Der Schneider war sehr höflich und diensteifrig, nahm ihm das Maß und versprach die erste Uniform um neun Uhr am nächsten Morgen, die zweite am Nachmittag zu liefern. Er hielt Wort, und gleich nach dem Frühstück konnte der junge Seekadett die neuen Kleidungsstücke mit den blitzenden, goldenen Ankerknöpfen anlegen, schnallte den kleinen Degen um und verließ das Haus, um vor allem sein Schiff zu sehen. Natürlich fühlte er sich anfänglich recht unbehaglich, denn es kam ihm vor, als ob jedermann seine Uniform betrachte und etwas daran nicht in Ordnung sei, aber sie kleidete seine hübsche, hochgewachsene Gestalt ganz vorzüglich, und niemand beachtete ihn als er in Gedanken versunken an den Strand kam. Gespannt betrachtete er alle dort ankernden Schiff, bemerkte gar nicht, dass das Boot einer Fregatte gelandet war und ein Offizier mit Federhut und Epauletten dicht an ihn herankam.

»Wissen Sie denn gar nicht, was sich gehört, junger Herr?«, hörte er plötzlich eine ernste Stimme fragen, »dass Sie einen Kapitän vorübergehen lassen, ohne zu salutieren? Zu welchem Schiff gehören Sie denn?«

»Verzeihung! Zur *Viktoria*, Herr,« sagte Erich und grüßte, vor Schreck errötend.

»Zur *Viktoria*? Und wann sind Sie eingetreten, wie heißen Sie?«

»Erich Walder aus Helgoland, aber ich bin noch nicht eingetreten.«

»Nun, da ist's erklärlich«, lachte der Kapitän, »wohlan denn, Herr Walder, da ist's hohe Zeit, dass Sie sofort Seemannsdienst und Seemannssitten kennenlernen; James,« rief er dann dem ältesten Mann der Besatzung seines Bootes zu, »führen Sie diesen jungen Herrn sogleich an Bord und sagen dem ersten Leutnant, dass derselbe den Dienst bei uns antritt.«

Damit wendete er sich zum Gehen, und als Erich, der den Vorwurf verstanden und verdient, nun ehrerbietig gegrüßt und der Offizier ihm gütig zugewinkt hatte, jetzt den Bootsmann fragte, ob das vielleicht der Kommandant der *Viktoria* sei, erwiderte derselbe: »Ja gewiss, junger Herr, und was für ein braver Kommandant ist Kapitän Ellis; wohl dem Schiff, das von ihm geführt wird, ich segele nun schon seit Jahren mit ihm und verehre ihn wie keinen zweiten zuvor!«

Der alte Seemann hätte offenbar gern noch eine längere Lobrede über die guten Eigenschaften seines Befehlshabers gehalten, aber das erlaubte der Dienst nicht – »niemals im Boot reden« – heißt die Vorschrift für die Untergebenen, und schweigend ging die Fahrt nun vonstatten, während Erich sich vergebens nach der Brigg umsah, als sie sich jetzt einer alten abgetakelten Fregatte mit der Vizeadmiralsflagge näherten.

»Die *Viktoria* liegt noch im Trockendock, Herr«, sagte der Bootsmann, der sein verwundertes Gesicht bemerkt hatte, »und die Besatzung ist einstweilen auf dieser alten Fregatte *Phoebe* einquartiert.«

»Ich bin an Bord gekommen, um mich zum Dienst zu melden, Herr Oberleutnant«, sagte Erich salutierend zum ersten Offizier, als er das Quarterdeck der Fregatte betrat.

»Sehr wohl, gehen Sie hinunter und lassen Sie sich vom Zahlmeister einschreiben; wie heißen Sie?«

»Erich Walder, Herr Oberleutnant!«

»Gut, Sie können auch später eingeschrieben werden, und wollen jetzt schnell jenen Kutter besteigen, um die Arbeiter ans Land zu bringen.«

Erich war entzückt, dass er sofort seine Tätigkeit beginnen sollte, und sprang in das große Boot, hatte aber nichts weiter zu tun, als ruhig neben dem Steuermann zu sitzen, und kehrte, nachdem die Arbeiter gelandet waren, auf die Fregatte zurück, um sich beim Zahlmeister zu melden, der ihm mitteilte, dass die *Viktoria* nachmittags aus dem Dock, und die Besatzung dann gleich an Bord käme.

Erich ging nun wieder auf das obere Deck, wo er Herrn Scharf, den ersten Offizier, traf, der sich mit ihm in ein Gespräch einließ; er war ein sehr gutherziger, tüchtiger Seemann von etwa dreißig Jahren, aber im Dienst war seine Art und Weise ganz zu seinem Namen passend, sehr streng und scharf gegen seine Untergebenen. Als er hörte, dass Erichs Gepäck im Gasthaus zurückgeblieben, weil er nur durch zufälliges Zusammentreffen mit Kapitän Ellis so frühmorgens an Bord gekommen war, befahl ihm der Offizier, jetzt gleich ans Land zu fahren, um dasselbe zu holen. »Kommen Sie dann pünktlich um fünf Uhr auf die *Viktoria*!«, rief er ihm nach; als Erich sofort die Strickleiter hinunter in ein bereit liegendes Boot stieg, »wir gehen morgen Nachmittag schon in See.«

Am Land angekommen, bezahlte er sofort seine Gasthausrechnung und auch den Schneider, der die zweite

Uniform, ebenfalls vollendet, schon in die dazu besorgte Seekiste packte, auf der in großen Buchstaben Erichs und des Schiffes Namen standen.

Um fünf Uhr nachmittags legte er mit dem Boot, das ihn und sein Eigentum trug, bei der schmucken Sechzehnkanonenbrigg *Viktoria* an, und strahlend überflog sein Blick das stolze Fahrzeug mit den vielen Rahen und aufgerollten Segeln, das ihn so bald schon für mehrere Jahre in weite Ferne tragen sollte – wohin? das wusste noch niemand von der Besatzung, das sollten sie erst in Portsmouth erfahren.

Kapitän Ellis ging auf dem Quarterdeck auf und ab, als Erich, mit einem Brief in der Hand, ehrerbietig salutierend, sich bei ihm meldete.

»Ah, Herr Walder!«, rief er freundlich und streckte ihm die Rechte entgegen, »wir haben uns schon gestern kennen gelernt, da bringen Sie mir wohl gar einen Brief aus Helgoland von meinem Jugendfreund, dem Gouverneur, der bei der Admiralität den besonderen Wunsch ausgesprochen hat, dass Sie bei mir Ihre ersten Heldentaten verrichten sollen. Seien Sie mir herzlich willkommen! Ich werde Ihnen ein strenger Vorgesetzter im Dienst sein«, setzte er dann gütig lächelnd hinzu, nachdem er das Schreiben durchflogen, »aber ein zweiter Vater in den Freistunden, wenn Sie stets brav und tüchtig sind und Vertrauen zu mir haben, und nun lassen Sie sich durch James in die Kadettenkajüte führen, damit Sie Ihre Kameraden kennenlernen.«

Als Erich mit dem Quartermeister eine kleine Treppe dicht vor dem Hauptmast hinuntergegangen war, fand er auf dem Unterdeck ein gar buntes Gewirr, die Mannschaft hatte ihre Abendmahlzeit vollendet, und die Leute waren von ihren Frauen und allerlei Freunden umgeben, die die Erlaubnis erhalten, zum letzten Lebewohl an Bord zu kommen, denn am folgenden Morgen durfte kein Fremder mehr das Deck betreten. Hier sah man zwei Freunde miteinander reden, dort weinte eine zärtliche Gattin mit ihrem Kleinsten auf dem Arme, das größere Schwesterchen auf des scheidenden Vaters Knien schaukelnd, während die laute Stimme eines Handelsjuden im dichtesten Menschengewühl seine Waren anpries, die Matrosen mit Tabak für die lange Reise versorgte und hie und da unbrauchbare Uhren verkaufte, die nach wenigen Tagen nicht mehr ticken konnten.

Der Kadett bahnte sich einen Weg durch das Gedränge zum Ende des Decks und trat in die offene Tür einer großen viereckigen Kajüte, die durch eine Hängelampe hell erleuchtet war, und wo sein Führer ihn mit den Worten »ein neu eingetretener junger Herr« sechs jugendlichen Kadetten vorstellte, welche, um einen großen Tisch gelagert, ihr Abendessen einnahmen.

»Treten Sie näher, fürchten Sie sich nicht!«, rief die schrille noch nicht ganz gesetzte Stimme eines blonden Jungen, der wenigstens zwei Jahre jünger und einen Kopf kleiner als Erich war.

Ein schallendes Gelächter erfolgte und ein lautes: »Bravo Milford! Kaum ist der Knirps acht Tage hier bei uns an Bord, und jetzt spielt er sich schon als Protektor auf.«

»Kümmern Sie sich nicht um den schlimmen Burschen«, sagte der Kleine errötend und machte dienstfertig einen Platz neben sich auf der Bank für Erich frei. »Setzen Sie sich hier zu mir, was wollen Sie trinken, Tee oder Grog? Ich nehme stets Grog, denn Sie wissen ja, das ist das richtigste Getränk auf See«, und der kleine Junge setzte ein großes Glas mit der dunklen Flüssigkeit an die Lippen und machte einen vergeblichen Versuch, so auszusehen, als wenn sie ihm vortrefflich schmeckte.

Erich hatte sich anfänglich über seinen kleinen Beschützer amüsiert, aber jetzt sagte er doch sehr ernst und entschieden, während er sich eine Tasse Tee einschenkte: »Ich berühre niemals Spirituosen, und es wäre Ihnen viel besser, wenn Sie es auch nicht täten.«

»Ja, vielleicht haben Sie recht, Tee ist wohl erfrischender«, erwiderte Milford erleichtert und offenbar sehr froh, dass er nicht länger den lustigen Seemann zu spielen brauchte.

Bald darauf ertönte das Kommando: »Alle Fremden von Bord!«, und als das Deck von sämtlichen Besuchern verlassen war, nahm Milford seinen neuen Kameraden mit sich, um ihm das prächtige Schiff zu zeigen.

Die erste Nacht an Bord war nicht gerade sehr erquickend für Erich, das Getrampel über seinem Kopf, sowie das Anschlagen der großen Glocke beim Ablösen der Wache raubte ihm den Schlaf, und da seine Hängematte dicht an einer offenen Kanonenluke angebracht war, sauste eine starke Brise zu ihm herein, die gewiss sehr erfrischend in den Tropen sein mochte, aber nicht in einer kalten Oktobernacht auf der Nordsee. Aber diese kleinen Unannehmlichkeiten waren bald vergessen, als am anderen Nachmittag der Kommandoruf: »Anker gelichtet!« erscholl, und die Mannschaft geschäftig auf dem Deck hin und her lief. Dann wurden die Segel gespannt, der Kompass gerichtet, und unter einer förmlichen Wolke von großen Segeln ging die *Viktoria* in See und salutierte im Vorbeifahren die Admiralsflagge mit sechzehn Kanonenschüssen. Ein starker Nordost jagte sie schnell in den Kanal hinein, und Erich war glückselig, als er an den Großmast gelehnt, nun so mitten ins herrliche Seeleben eingeführt war, bis jetzt hatte er aber nur den Zuschauer gespielt und sehnte sich sehr, auch tätig zugreifen zu dürfen, was denn auch bald genug geschehen sollte.

»Der erste Offizier beordert all die jungen Herren auf Deck«, sagte ein Bootsmann, seinen Kopf in die Kajüte steckend, wo gerade der Abendtee eingenommen wurde. Schnell liefen sie sämtlich hinauf, und Herr Scharf teilte Erich mit, dass er mit ihm die mittlere Nachtwache zu übernehmen habe und sich deshalb sofort zur Ruhe begeben möge. Der Kadett gehorchte, war aber so aufgeregt und so besorgt, dass er nicht zur rechten Zeit erwachen würde, dass es elf Uhr vorüber war, als er endlich die Augen schließen konnte, und er infolgedessen schrecklich schläfrig war, als sehr bald seine Hängematte stark geschüttelt wurde und eine raue Stimme ihm ins Ohr rief: »Acht Glockenschläge, Herr, Mitternacht vorüber!«

Schnell stolperte er, halb im Schlaf, aus seiner Hängematte und war noch nicht mit dem Ankleiden fertig, als ein Quartermeister mit dem Rufe eintrat: »Beeilen Sie sich, der erste Offizier wartet darauf, dass Sie die Wache mustern.« Erich stürzte die Treppe förmlich hinauf, unterwegs die Jacke zuknöpfend, und las dann beim matten Schein des Kompasslichtes unter strömendem Regen die Namen der Matrosen ab. Wie leid tat ihm seine schöne, neue Uniformjacke! Von Jugend auf hatte die Mutter ihn daran gewöhnt, seine Kleider zu schonen, und nun hatte er in der Eile nicht einmal den Gummiüberzug anlegen können. Das Wetter war schrecklich, heftige Windstöße warfen ihn ab und zu gegen die eiserne Schutzwand des Decks, das Hauptsegel war so tief herabgelassen, dass die nassen Zipfel seinen Kopf streiften, und tropfenweise floss das kalte Wasser seinen

Nacken hinunter. Aber er durfte seinen Platz nicht verlassen, denn jeden Augenblick musste er eines Befehles gewärtig sein, jetzt erscholl auch schon das Kommando: »Toppsegel reffen, Herr Walder, steigen Sie schnell in die obersten Rahen.«

Das war selbst für einen gewandten Seemann keine leichte Aufgabe in dieser stockfinsteren Nacht, bei dem stark arbeitenden Schiff und den heftigen Windstößen, die so leicht einen Mann von der Höhe über Bord schleudern. Da hieß es sich krampfhaft festhalten, aber das geteerte Takelwerk war nass und schlüpfrig, mehr als einmal glitten seine Füße von der Strickleiter, so dass er förmlich in der Luft schwebte, nur noch von den Händen oben gehalten. Aber mit der ihm eigenen Besonnenheit und Geistesgegenwart kletterte er weiter, sah er doch, wie groß die Gefahr, dass der Sturm die flatternde Leinwand da oben in Fetzen riss.

Endlich war das Toppsegel gerefft, und er blieb noch eine Weile oben und betrachtete beim matten Schimmer des ab und zu hinter den schwarzen Wolken hervorbrechenden ersten Viertels des Mondes das wilde, schaurig schöne Schauspiel ringsum, bis der erste Offizier ihn herunterrief und freundlich zur Loge schickte, weil er die Feuerprobe brav bestanden und für die erste Nachtwache genug getan hatte. Bei der starken Brise jagte die Brigg sehr schnell den Kanal hinauf, und am zweiten Tag wurden bei Spithead die Anker ausgeworfen. Wie gern hätte unser Held dort landen mögen, um Portsmouth, den größten englischen Kriegshafen, zu besehen, besonders Peter Simpels Wirtshaus »Die blaue Post«, wie gern hätte er das besucht! Aber Urlaub wurde nicht gewährt, nur der Kapitän ließ sich abends durch einige Matrosen ans Land bringen, und wie froh war Erich, als er am anderen Morgen den Befehl erhielt, ihn von den Docks abzuholen, doch auch da durfte er das Boot nicht verlassen, denn Kapitän Ellis erschien schon nach fünf Minuten auf der Landungsbrücke, von mehreren Herren und Dienern mit Gepäck begleitet. Der eine war ein hoher, ehrwürdig aussehender Offizier, und James, der Quartermeister, flüsterte dem Kadetten ins Ohr, das sei der Admiral.

»So leben Sie denn wohl, Ellis«, sagte derselbe, ihm herzlich die Hand schüttelnd, »ich wünsche Ihnen günstige Winde, viel Glück und Vergnügen hinter der hohen Mauer und später reiche Prisengelder.«

»Prisengelder!« Bei diesem magischen Worte nickten die Matrosen einander fröhlich zu, denn die waren jetzt in Friedenszeiten nur an der Westküste von Afrika bei der Verfolgung der Sklavenschiffe zu erhoffen. Nun wussten sie endlich, wohin das Schiff bestimmt war, bis jetzt war das für die Besatzung ein Geheimnis geblieben, und Kapitän Ellis sah sehr zufrieden aus, als das Boot nun abfuhr, aber was war nur mit der hohen Mauer gemeint, von der der Admiral sprach, und wer waren die drei von Dienern und vielem Gepäck begleiteten Herren? »Der eine sieht fast wie ein Prediger aus«, dachte sich Erich, und wie gleich darauf der Kapitän ihm freundlich zunickte, als er sich zu ihm auf die Bank setzte, konnte er sich nicht enthalten, zu fragen, ob die *Viktoria* nach Afrika segele. Eigentlich war das nicht recht passend für einen Seekadetten, aber Kapitän Ellis war offenbar in sehr gütiger Stimmung und erwiderte lächelnd: »Ja, mein junger Freund, wir haben eine schöne Aufgabe vor uns, und es wird Ihnen sicher gefallen, dass wir für die Station an der Westküste bestimmt sind, um die elenden Sklavenjäger zu fangen. Sie haben auch Ursache, sich darüber zu freuen, denn in zwölf Monaten lernen Sie dabei mehr als in drei Jahren bei der

Mittelmeerflotte, wir müssen aber zuvor einen großen Umweg machen, der uns gut acht Monate Zeit kostet, und jene Herren nach China bringen. Mr. Maxwell war schon früher längere Zeit dort als englischer Konsul in Canton, aber die Söhne des himmlischen Reiches, wie die Chinesen sich gern nennen, hatten sich ja wieder einmal gegen das Eindringen der Europäer empört, und Canton musste von unserer Flotte bombardiert werden, bis sie, zahm gemacht, beim Friedensschluss einige wenige ihrer Häfen für unsere Schiffe freigaben. Nun wird es hoffentlich bald besser dort für unsere Handelsbeziehungen, und der Konsul geht mit seinen Sekretären zurück. Jener Herr im schwarzen Anzug gehört zu der englischen Missionsgesellschaft, die sich mit schwachen Erfolgen bemüht, die Chinesen zum Christentum zu bekehren, er war auch schon mehrere Jahre in Canton tätig, aber als die Feindseligkeiten gegen die Engländer dort zu arg wurden, kam er nach England, wo er bis jetzt als Prediger wirkte, und will nun aufs neue versuchen, in China Missionsstationen anzulegen.«

Erich hatte mit so leuchtenden, glückstrahlenden Blicken diesen Mitteilungen zugehört und dankte dem gütigen Kapitän so herzlich dafür, dass dieser ihn wohlgefällig betrachtete und ihm versprach, den Prediger zu bitten, ihn über das chinesische Volk, das sich von den Europäern so hartnäckig abschließt, ein wenig zu unterrichten. »Ich habe meinem Freund, dem Gouverneur, Ihrem warmen Beschützer, gestern Abend geschrieben, wohin wir segeln, damit Ihre Eltern Sie in Gedanken auf unserer interessanten Reise begleiten können«, schloss der freundliche Kapitän seinen Bericht, als die *Viktoria* jetzt nahe war, »und wenn Sie, wie ich vermute, recht lange Briefe für dieselben schreiben, so übergeben Sie diese stets dem

Zahlmeister, der sie auf unserer nächsten Anlegestation durch die Admiralität befördert, die uns auch alle für uns bestimmten Nachrichten aus der Heimat in die Seehäfen schickt, die wir berühren werden.«

Die Benennung »Briefe« verdienten die ausführlichen Berichte, die Erich in Madeira, wo frisches Wasser eingenommen wurde, ablieferte, eigentlich nicht mehr, es war schon mehr eine Art Tagebuch, das er dem Zahlmeister zur Beförderung übergab, in dem er den Eltern alle seine bisherigen Erlebnisse und die Personen genau schilderte, mit denen er am meisten zu tun hatte. Er bat sie, die Blätter, nachdem alle seine Freunde auf Helgoland dieselben gelesen, auch nach Goslar an seinen unvergesslichen Lehrer zu senden, dem Gouverneur aber schrieb er einen besonderen Dankesbrief für die große Güte, seine Anstellung auf der *Viktoria* bewirkt und ihn dem freundlichen Kapitän Ellis empfohlen zu haben. Dadurch war aber auch sein Leben doppelt interessant und befriedigend geworden, denn derselbe beschäftigte sich häufig und gern mit dem jungen, braven Helgoländer, dessen fließende englische Sprache gar nicht den Deutschen verriet, wohl aber sein treuherziges, offenes, biederes Wesen, das ihn bald zum Liebling aller Offiziere und Kameraden gemacht hatte. Auch die Vorgesetzten verkehrten, trotz aller Strenge im Dienst, in den Freistunden gern mit dem geistig hervorragenden, jungen Kadetten und erstaunten über seine bedeutenden Schulkenntnisse.

Einen sehr interessanten Beschützer erwarb er sich nach und nach in dem Missionar, mit dem Kapitän Ellis ihn gleich zu Anfang der Reise bekannt gemacht hatte. Als der alte Herr eines Morgens zu sehr früher Stunde auf dem Deck spazieren ging, fiel ihm auf, dass der junge Helgoländer, mit ernstem

Ausdruck in dem hübschen, von der Seeluft gebräunten Antlitz, auf einer niederen Bank am Vorderbug des Schiffes saß und offenbar ganz vertieft in das Lesen eines kleinen Buches schien. Unbemerkt trat er näher und sagte, ihn freundlich begrüßend: »Darf ich einmal sehen, was Sie da so sehr fesselt, mein junger Freund?«

Erich sprang ehrerbietig auf und überreichte ihm das aufgeschlagene Kapitel der Bergpredigt in einer kleinen Taschenbibel, auf deren erstem Blatte seiner teuren Mutter Hand die Worte geschrieben hatte:

>»Wer stets nur seine Zuversicht
>Auf Gott setzt, den verlässt er nicht.«

»Vergiss das nie, mein geliebter Erich, bleib immer Deinem Gott getreu, das ist der heißeste Wunsch

Deiner Mutter.«

»Sie haben offenbar eine brave, fromme Mutter, mein lieber Sohn«, sagte der Missionar ernst, »beherzigen Sie ihre Mahnung und diesen schönen Spruch, dann wird es Ihnen stets gut gehen auf der stürmischen Reise des Lebens, und auch die unausbleiblichen Prüfungen, die keinem Menschen erspart bleiben, werden Ihnen zum Segen gereichen.«

Seit jenem Morgen verkehrte der ehrwürdige Herr viel mit dem wissbegierigen Deutschen, dem es weit interessanter war, dessen Schilderungen der Menschen und Verhältnisse im ungeheuren chinesischen Reiche zuzuhören, als stets an dem leeren Geschwätze in der Kadettenkajüte teilzunehmen. Zu jener Zeit, vor etwa vierzig Jahren, wusste man ja noch weit weniger als jetzt von diesem merkwürdigen, arbeitsamen Volk, das, aus lauter Furcht vor Änderungen ihrer aus uralter Zeit stammenden Sitten und Gebräuche, einen Teil des Landes durch eine gewaltige Mauer von der Außenwelt abgeschlossen hat. Dieselbe erstreckt sich über Berge und Täler über fünfzehnhundert Meilen, und der Bau wurde schon vor Christi Geburt begonnen und unter allen Kaisern fortgesetzt, an manchen Stellen ist sie sechsundzwanzig bis dreißig Meter hoch und dreieinhalb Meter breit, so dass Wagen und Pferde bequem darauf Platz haben. Sie ruht auf Granitplatten, besteht aus Erde und Backsteinen und ist alle zwei- bis dreihundert Schritt von Türmen und Schießscharten unterbrochen. Die Zahl der Einwohner des weiten Reiches, das viel größer als ganz Europa ist und etwa 250 000 Quadratmeilen umfasst, soll sich auf 472 Millionen belaufen. Sie sind kein kriegerisches Volk, aber ränkesüchtig, schlau, feige und betrügerisch, dabei sehr geschickt, besonders in Verfertigung von Seide, Porzellan und Schnitzwaren aus Elfenbein. Sie sind auch geborene Handelsleute und der Handelsverkehr im Innern des Landes ist sehr rege, aber verhältnismäßig noch immer gering mit dem Auslande. Erst zu Anfang des 17. Jahrhunderts gelang es den Engländern nach vielen Anstrengungen, die Erlaubnis zum Einlaufen ihrer Schiffe in Canton zu erlangen, aber zu Anfang des 19. Jahrhunderts brachen deshalb viele Streitigkeiten aus, die zum Krieg und der Beschießung Cantons durch die Engländer führten. Ein 1842 abgeschlossener Vertrag öffnete den Europäern noch einige andere chinesische Häfen und den christlichen Missionaren beschränkten Zutritt in einigen Teilen des Landes, das Volk war aber so erbittert darüber, dass es wiederholt deshalb zur Empörung gegen ihren Kaiser kam, der sonst so sklavisch und abgöttisch verehrt wird, dass jeder Untertan, der ihm nahe kommt, niederknien und den Kopf bis zum Boden vor ihm beugen muss. Derselbe – Himmelssohn genannt – wird stets von seinem Vorgänger gewählt und hat viele Frauen, aber nur eine führt den Titel Kaiserin; er hat das Recht über Leben und Tod und kann jeden Chinesen, selbst von höchstem Range, ohne vorherige Untersuchung der Richter, zum Tode verurteilen.

Die verhängten Strafen für Übeltäter sind zum Teil schrecklich grausam, bei kleinen Vergehen wird die Prügelstrafe angewendet, dann der »Halskragen«, eine barbarische Tortur, bei der dem Verurteilten ein schweres, viereckiges Stück Holz, das etwa fünf Fuß groß ist, umgelegt wird, das ihm das Niederlegen unmöglich macht, auch kann er natürlich nicht selbst essen und müsste verhungern, wenn er nicht gefüttert würde. Auch die Todesstrafe wird auf die schrecklichste Weise vollzogen, denn da der Chinese das Enthaupten fürchtet, weil er glaubt, dann in einer anderen Welt ohne Kopf erscheinen zu müssen – werden die Verbrecher häufig zwischen zwei Holzbretter gelegt und damit in Stücke gesägt.

Die Reichsreligion ist der Buddhismus, die hauptsächlich aus äußerlichen Formen besteht und aus dem indischen Brahmakultus hervorgegangen ist. Der Stifter Buddha lebte sechshundert Jahre vor Christus und war ein Königssohn, der dem Glanz des Thrones entsagte und sieben Jahre als Einsiedler lebte, bevor er später vierzig Jahre lang als Lehrer mit seinen Schülern tätig war. Seine sterblichen Überreste wurden in 84 000 kleinen Teilen als Reliquien in kostbaren Schreinen aufbewahrt und unter dem Namen Pagoden verehrt. In China, Hinterindien, Japan, Ceylon und der Mongolei bekennen sich zwei Drittel der Bewohner zum Buddhismus, der 343 Millionen Bekenner hat.

All diese interessanten Mitteilungen machte der Missionar

seinem aufmerksamen Zuhörer nach und nach auf der weiten Reise, und Erich war höchst erfreut, als der fromme Herr sowie auch der gütige Kapitän ihn und seine Kameraden später in Canton häufig mit ans Land nahmen, um das chinesische Volk aus eigener Anschauung näher kennen zu lernen.

Der erste Empfang, der den Engländern zuteil wurde, war nicht sehr ermutigend für sie, denn als die *Viktoria* nach viermonatiger Reise in der Nähe einer kleinen Insel an der chinesischen Küste vor Anker ging, widersetzten sich die Bewohner hartnäckig dem Landen der Fremden und behaupteten, das dürfe nur auf besondere Erlaubnis der Regierung geschehen. Die Kinder warfen sogar mit Steinen nach dem Boot der *Viktoria*, aber am nächsten Morgen ruderte der Häuptling des Distrikts mit großem Gefolge in mehreren Fahrzeugen nach dem englischen Kriegsschiff. Er war ein ehrwürdig und vornehm aussehender Greis, in ein weites, hellblaues Seidengewand mit flatternden Ärmeln gekleidet, auf dem Kopf trug er einen ungeheuren Hut mit wenigstens fünf Fuß breitem Rande, der aus lackiertem Rosshaar geflochten war. Einer seiner Diener hatte sich wahrscheinlich unterwegs etwas zuschulden kommen lassen und erhielt sofort seine Bestrafung, indem er sich auf dem Deck des Bootes niederlegen musste und ein Dutzend Hiebe mit einem starken Bambusrohr erhielt. Als er bei dieser Exekution ein schreckliches Geheul erhob, stimmten alle seine Gefährten mit ein, und die Seeleute wussten nicht, ob das aus Mitleid geschah oder um sein Geschrei zu übertönen.

Als die Bestrafung vollzogen war, begann ein neuer grausiger Lärm, Trompeten und andere misstönige Instrumente verkündeten dem fremden Kriegsschiff die Annäherung des hohen chinesischen Herrn, der mit großer

Höflichkeit von Kapitän Ellis und seinen Offizieren empfangen und in die Kajüte geführt wurde, und mit Hilfe eines Dolmetschers, der aber nur wenige Worte Englisch sprechen konnte, die Mitteilung machte, dass das Landen fremder Schiffe nur in Canton und zwei anderen Häfen des Reiches gestattet sei. So segelte denn die *Viktoria* am Nachmittag weiter, und als sie zwei Tage später in den Si-Kiang eingelaufen waren, fanden sie den Fluss nicht weit von Canton förmlich verbarrikadiert durch eine ganze Reihe seltsam geformter Schiffe, die quer darüber lagen, und der Mandarin, der dieselben kommandierte, sandte einen Boten nebst Dolmetscher an Bord, um den Engländern zu sagen, dass er ihnen das Weiterfahren verbiete.

Kapitän Ellis ließ den Überbringer dieser impertinenten Botschaft sofort ins Schiffsgefängnis abführen und dem Absender durch den Dolmetscher antworten, dass die Engländer seit dem Friedensschluss das Recht hätten, in Canton einzulaufen, und dass er sich mit seinen sechzehn Kanonen die Einfahrt erzwingen würde. Er fügte hinzu, dass er die sämtlichen chinesischen Boote, die den Fluss sperrten, in Brand schießen und den Gefangenen an dem Mastbaum aufhängen ließe, sobald sie nicht binnen einer Stunde Platz machten.

Das half, die Schiffe entfernten sich, und unbehelligt konnte die *Viktoria* einige Stunden später in den Hafen von Canton einlaufen.

Die dortigen Regierungsbeamten kamen sowohl dem Kapitän wie dem Konsul und dem Missionar in jeder Beziehung höflich entgegen, und es war für Erich Walder und seine Gefährten ein unendliches Vergnügen, mitunter in Begleitung eines der Herren das Leben und Treiben des seltsamen Volkes kennen zu lernen. Am meisten amüsierten sich die jungen Seekadetten über die Unzahl von Friseuren, die in den Straßen umherliefen, und alles, was zu ihrem Handwerk nötig, auf Bambusrohren befestigt, über die Schultern gehängt trugen. Die chinesischen Männer haben bekanntlich einen langen Zopf – der ganze Vorderkopf wird alle zehn Tage völlig kahl geschoren, nur hinten auf einem Fleck muss das Haar so lang wie möglich wachsen, und da kein Mann den eigenen Zopf, der sein ganzer Stolz ist, richtig bearbeiten kann, und häufig falsches Haar zu Hilfe genommen werden muss, um ihn zu vergrößern, müssen stets so viele Friseure und Barbiere zur Hand sein, denn einen Schnurrbart darf kein Mann vor dem vierzigsten Jahre tragen, einen Backenbart nicht vor dem sechzigsten.

Noch zwei andere Dinge sind von einem Chinesen unzertrennlich, und zwar der Fächer und die Laterne; der Fächer muss ihm Kühlung verschaffen und als Sonnenschirm nützen, der Schulmeister prügelt auch gelegentlich die unartigen Kinder damit, und den dickleibigen Bürger sieht man oft auf der Straße seine Kleider aufheben, um sich Kühlung zuzufächeln. Ja selbst die Soldaten gebrauchen beim Exerzieren oder bei der Bedienung ihrer Geschütze ab und zu ihre Fächer.

Eine ebenso wichtige Rolle spielt die Laterne, in allen möglichen absonderlichen Formen, meistens als durchsichtige Tierköpfe, mit denen bei sogenannten Laternenfesten alle Häuser geschmückt werden, während alle Leute in den Straßen ebenfalls welche tragen, und einen ungeheuren, aus lauter großen Laternen zusammengesetzten Drachen umherführen. Ein solches Fest fand auch bei der Anwesenheit der *Viktoria* in Canton statt und machte besonders den jungen Seekadetten unendliches Vergnügen. Der Missionar und der zweite Offizier begleiteten sie dabei, da Kapitän Ellis nicht erlaubte, dass sie allein in die Stadt gingen, aus Furcht, dass ihnen von dem feindselig gesinnten Volk Unannehmlichkeiten bereitet werden könnten.

Der würdige Geistliche war sehr bekannt in Canton und machte die jungen Kadetten auf alles aufmerksam, auch auf die Kleidung der Leute, er erzählte ihnen, dass große Schweigsamkeit und tiefer Ernst als Zeichen vornehmer Bildung gelten, und dass alle Sitten heutzutage noch gerade so sind und bleiben müssen wie vor Jahrtausenden, ebenso geht es mit der Kleidung. Die Vornehmen tragen helle, buntfarbige und sehr weite Gewänder, die reich mit goldgestickten Drachen oder anderen Tierköpfen geschmückt sind, aber den Gebrauch von Taschentüchern, Leib- oder Bett- und Tischwäsche kennen sie nicht. Am Gürtel sind zwei Bambusstäbchen befestigt, die Messer und Gabel ersetzen, dann Fächer, gestickte Tabaksbeutel, eine Uhr und eine Dose mit Stahl und Feuerstein. Bei feierlichen Gelegenheiten kommt noch eine bis zum Gürtel herabhängende Kette aus 108 ovalen Steinen hinzu, und auf dem Kopfe tragen sie ein kegelförmiges Bambusgeflecht mit einer Quaste aus roter Seide und einem Knopfe auf der Spitze, der den Rang des Besitzers anzeigt.

Die unverheirateten Frauen müssen ihre Haare in zwei herabhängenden Zöpfen vereinigen, die verheirateten oben auf dem Kopfe, und zwar mit Gold, Silber, Blumen und Perlen verziert; haben die letzteren Söhne, so werden sie hoch geachtet, sonst nicht, denn auf Mädchen legen die Chinesen keinen Wert, und dieselben werden deshalb sehr häufig, gleich nach der Geburt, getötet oder ausgesetzt. Männer und Frauen der reichen und vornehmen Stände lassen ihre Fingernägel sehr lang wachsen, zum Zeichen, dass sie nicht zu arbeiten brauchen, und den vornehmen Frauen werden die Füße durch gewaltsames Herunterbiegen der Zehen und durch viel zu kleine Schuhe von klein auf förmlich verstümmelt. Sie bekommen nach und nach die Form von Hufen, und die armen Wesen können nur sehr unbeholfen und unsicher damit gehen, werden deshalb meistens in Sänften getragen. Aber das ist nur bei reichen Leuten gebräuchlich, denn das gewöhnliche Volk muss angestrengt arbeiten, und zwar das ganze Jahr, das ganze Leben hindurch, denn Sonn- und Feiertage kennt man in China nicht. Ihre Nahrung besteht hauptsächlich aus Reis und Tee, aber sie essen auch Fleisch, wenn sie es haben, und zwar von allem möglichen Getier; Ratten, Katzen und Hunde, ja selbst Spinnen und alles dem Europäer widerliche Gewürm sind Leckerbissen für sie.

Es tat den jungen Seekadetten unendlich leid, dass die *Viktoria* schon nach drei Wochen das ihnen so interessante Land verlassen musste, aber sie trösteten sich mit der Aussicht auf die Jagd nach Sklavenschiffen und sollten auch unterwegs noch verschiedene ihnen merkwürdige Inseln und deren Bewohner kennenlernen. Ein Segelschiff braucht ja viel längere Zeit zu einer Reise als ein Dampfer, und so musste Kapitän Ellis etwa alle sechs Wochen einen größeren Hafen aufsuchen, um frisches Trinkwasser und Proviant für seine Besatzung einzunehmen. Erich hatte eines Tages in Canton die Beobachtung gemacht, als der Missionar ihn und Milford in einen Barbierladen führte, wo der Besitzer den Zopf eines Kunden bearbeitete, dass derselbe immer mit dem Kopf schüttelte, wenn ihm ein Befehl erteilt wurde, und der Prediger erklärte ihm auf sein Befragen, dass die Chinesen, entgegengesetzt von den Europäern, statt zu *nicken*, den Kopf *schütteln*, wenn sie eine Frage bejahen. Er hatte ihnen dabei auch erzählt, dass in Neuseeland, wo er in früheren Jahren eine Missionsstation gründete, die seltsame Sitte herrsche, dass die Menschen, die sich freundlich begrüßen wollen, statt sich wie wir die Hände zu schütteln oder zu küssen, die *Nasen* aneinander reiben. Einst hatte er einem Fest beigewohnt und mit angesehen, wie die eintretenden Gäste sich alle, der Reihe nach, eine ganze Weile mit den Nasen berührt und sie hin und her gerieben hatten, ehe sie sich zum Festmahl niedersetzten.

Diese Erzählung rief unbändige Heiterkeit in der Kajüte der Seekadetten hervor; mehrere Tage machten sie sich das Vergnügen, zur Begrüßung vor dem Abendessen das »Nasenreiben« zu probieren, und Milford kannte keinen größeren Wunsch, als dass die *Viktoria* in einen Hafen Neuseelands einlaufen möchte, um Proviant einzunehmen. Aber Erich führte ihn nach dieser Äußerung hinauf ins Navigationszimmer und zeigte ihm auf der Karte, wie weitab jenes Land von ihrem Kurse nach Afrika läge, und gab ihm den Rat, vor allem seine geographischen Kenntnisse zu verbessern, wenn er einmal ein tüchtiger Seemann werden wolle. Der Kleine hatte einen großen Respekt, eine enthusiastische Liebe und Bewunderung für seinen Kameraden gefasst, folgte ihm in allen Dingen, und Erich nahm sich dafür stets energisch seiner an, wenn die anderen übermütigen Jünglinge den kaum fünfzehnjährigen Milford oft arg neckten und ärgerten. Die Offiziere hatten dies Verhältnis auch bald bemerkt, und da sie Erich sehr schätzten und erkannten, dass sein Schützling viel von ihm lernen konnte, richteten sie es stets so ein, dass die beiden gleichzeitig die Wache bezogen, oder miteinander ans Land gehen durften.

Der nächste Hafen, den die *Viktoria* anlief, war Kalkutta,

wohin die Admiralität Briefe und Zeitungen für die Besatzung gesandt hatte, und großer Jubel herrschte in der Kadettenkajüte, als die Post hereingebracht wurde. Erich bekam ein dickes Paket ausführlicher Schreiben von allen seinen Lieben und war glückselig über die günstigen Berichte von seines Vaters Gesundheit, er schrieb ihm selbst, dass er sich freilich sehr schonen müsse und nur seine Patienten im Oberlande besuchen könne, da ihm das Ersteigen der hohen Treppe nicht erlaubt sei wegen seines Herzleidens. Auch die Mutter teilte ihm voll dankbarer Freude mit, dass die Stimmung des Vaters wieder hoffnungsvoller sei und alles geschehe, um ihn bei Kräften zu erhalten und vor Sorgen und Aufregungen zu hüten.

Eine große, bange Sorge war durch diese Briefe auch von Erich genommen; der für seine Jahre oft recht ernste, sinnende Ausdruck seines hübschen, offenen Antlitzes, der dem Kapitän mitunter aufgefallen war, verlor sich mehr und mehr, und häufiger als sonst nahm er jetzt an den heiteren Unterhaltungen seiner Kameraden teil. Es war nun bald ein Jahr seit er Helgoland verlassen, als die *Viktoria*, nachdem sie sich in Madagaskar und Kapstadt einige Wochen aufgehalten, endlich ihre Bestimmungsstation für die nächsten Jahre, die Westküste von Afrika erreichte. Die noch neue festgebaute Brigg hatte glücklich verschiedene sehr schlimme Kämpfe mit Sturm und Wogen überstanden, und Offiziere und Matrosen freuten sich sehr, dass nun die lustige Treibjagd auf die schändlichen Sklavenhändler angehen sollte, die ihnen in den nächsten Jahren außerdem reiche Prisengelder eintrug.

Alle von ihnen gefangenen Sklavenschiffe wurden nach St. Helena gebracht, durch die Admiralität verkauft und die dafür eingenommenen Gelder nebst einer Belohnung unter die

Besatzung verteilt, so dass jeder nach seinem Rang einen größeren oder kleineren Anteil erhielt. Wie empört war Erich jedes Mal, wenn er mit dem ersten Offizier solch ein von ihnen ergriffenes Schiff betrat, und die armen, halb verhungerten Opfer menschlicher Grausamkeit und Gewinnsucht, an Ketten geschmiedet, in dem dunklen Schiffsraum Kopf an Kopf auf vermoderter Streu liegend, befreien half. Wiederholt hatte er in den letzten Jahren mit einem seiner Vorgesetzten ein solches Prisenschiff nach St. Helena gebracht, wo die von ihnen gefesselten schändlichen portugiesischen oder brasilianischen Seelenverkäufer ihre verdiente Bestrafung erhielten, und vorher Hunderte der befreiten Gefangenen in Sierra Leone, an der Küste des Staates Liberia, ans Land gesetzt. Unterwegs nahm er sich aufs liebevollste dieser unglücklichen Menschen an, und einer von ihnen, ein Häuptlingssohn, der etwas Englisch sprach, schilderte ihm, wie sein Dorf in einer Nacht von den grausamen arabischen Sklavenhändlern, die seit Jahrhunderten auf diese Weise Afrika entvölkern, überfallen worden sei. Im Schlaf wurden die Greise und kleinen Kinder von der bewaffneten Bande ermordet und alle arbeitsfähigen Männer und Weiber aneinander gekettet, mit Peitschenhieben Hunderte von Meilen durch Wüsten und Urwälder, mit elender, weniger Nahrung, an die Küste getrieben, wo sie dann in den im dichtesten Gebüsch an den zu Lagune führenden Creeks oder Kanälen liegenden Sklavenfaktoreien an die brasilianischen und portugiesischen schändlichen Schiffsführer verkauft und nach Südamerika, besonders Brasilien, gebracht wurden.

»Wie ist es möglich«, schrieb Erich an seinen geliebten Lehrer nach Goslar, als er solche Gräuel zuerst mit eigenen Augen erblickt, »dass im neunzehnten Jahrhundert solch ein

Menschenschacher geduldet wird? Meine Achtung vor den Engländern ist bedeutend gestiegen, nun sehe ich, wie sie alles aufbieten, um ihn zu unterdrücken, und zahllose Kriegsschiffe mit großen Kosten deshalb an der Sklavenküste kreuzen lassen, aber warum werden sie nicht kräftiger von allen europäischen Nationen dabei unterstützt? O, warum haben wir kein mächtiges Reich mit vielen Schiffen, um diesen Schandfleck unseres Jahrhunderts zu vertilgen? Ich habe immer gehört, dass unsere Nation zu arm ist, und selbst die tüchtigsten Menschen nicht genug Arbeit finden, dass die Fabriken, Handel und Industrie in Deutschland daniederliegen, weil nicht genug Absatz und Verbindung mit fernen Weltteilen vorhanden ist. Aber warum haben wir denn nicht auch Kolonien wie die Engländer, die dadurch ihren Reichtum erwarben, ebenso wie das kleine Holland? Ich weiß, was Sie mir antworten werden, lieber, hochverdienter Herr Direktor, weil Deutschland zu schwach ist durch seine Uneinigkeit und Zerfallenheit, o wann wird die Stunde schlagen, wo wiederum ein mächtiges Kaiserreich ersteht – wie Sie es stets erhoffen und prophezeien. Wie sehr interessiere ich mich für diesen Herrn von Bismarck, den Sie mir als einen so hervorragenden Ratgeber des Königs von Preußen in Ihrem letzten lieben Brief schilderten – bitte, schicken Sie mir bald mehr Nachrichten über ihn und interessante Zeitungen. Wie glücklich wäre ich, wenn Sie recht hätten, und dieser starke Ratgeber des hochherzigen Königs Wilhelm in nicht ferner Zeit Deutschland stark und mächtig machen würde. Wenn jene deutschen Männer einmal wie ich das Elend der unglücklichen Bewohner Afrikas sehen könnten, wie würde es sie erbarmen und sie alles aufbieten, helfend einzugreifen – freilich erst gibt es ja so viel für sie im armen, zerstückelten deutschen Vaterlande zu tun!«

Durch sein braves, von Mitleid beseeltes Herz begeistert, zeichnete sich Erich in den nächsten drei Jahren durch Mut, Pünktlichkeit und Entschlossenheit bei den Verfolgungen der Sklavenschiffe so sehr aus, dass er ein großer Liebling des Kommandanten und aller Offiziere wurde. Lange schon trug er den weißen Strich auf den Ärmeln seiner Uniform, der ihn als obersten Seekadetten bezeichnete, und seine Kameraden prophezeiten ihm mit der nächsten Post aus London das Leutnantspatent. Seine bedeutenden Ersparnisse hatte er wiederholt durch die Admiralität nach Helgoland senden lassen und die Mutter dringend gebeten, das Geld stets zur Pflege des Vaters zu verwenden, damit er sich so wenig als möglich in seinem ärztlichen Beruf anstrenge. Aber sie schrieb ihm jedes Mal, dass zu ihrer Freude noch kein Pfennig davon ausgegeben werden müsse, da die Einnahme zur Badezeit, wo so viele Kurgäste im Oberlande vom Vater behandelt würden, für das ganze Jahr ausreiche, und Erichs Ersparnisse sicher für ihn in der Sparkasse angelegt würden. Das war ihm aber gar nicht recht, er hätte so gern seinem kränklichen Vater eine Erleichterung verschaffen mögen und sandte von da an größere Summen an seinen Lehrer nach Goslar, mit der Bitte, den Eltern guten Wein und hübsche, nützliche Geschenke für die Haushaltung und die nun bald vierzehnjährige Schwester Helga zu besorgen und zur Weihnachts- und Geburtstagsfeier nach Helgoland zu senden.

Im Herbst 1864 ging die *Viktoria* in der Bucht von Benin, nicht weit von Quittah, vor Anker, um frisches Wasser und Südfrüchte einzunehmen, denn der gütige Kapitän Ellis verschaffte seinen Leuten oft und gern in diesem heißen Klima solche Erfrischungen. Sehnsüchtig betrachtete Milford die Küste mit der brausenden Brandung und die prächtigen

Fächerpalmen, unter deren Schatten die dänische Flagge über einer kleinen Festung wehte, die malerisch von den zahlreichen Hütten der Eingeborenen umgeben war. »Wie kommt denn nur die dänische Flagge in diese Wildnis?«, fragte er, seinem Freund das Fernrohr zurückgebend, und Erich, der viel über die Westküste gelesen hatte und durch Kapitän Ellis über alle europäischen Niederlassungen gut unterrichtet war, erzählte ihm, dass die kleine, unternehmende dänische Nation in früheren Zeiten viele Handelsstationen an der Westküste von Afrika gründete, von denen Quittah allein noch übrig geblieben sei.

»Jedenfalls eine sehr ärmliche,« bemerkte Milford, »wenn jenes wunderliche Individuum dort in dem näher kommenden Boot der höchste Repräsentant der Stadt ist, der das englische Kriegsschiff, wie es scheint, bewillkommnen will; als zweiter Midshipman der Wache muss ich mir wohl jetzt die Ehre geben, ihn zu empfangen.«

Es war wirklich eine sehr wunderliche Erscheinung – dieser afrikanische Häuptling, der jetzt die herabgelassene Strickleiter erklommen hatte, ein Neger in einem alten, schäbigen, scharlachroten, englischen Uniformrock, mit einem Tuch um die Hüfte geschlungen aber ohne Beinkleider und Schuhe. Er sprach einzelne englische mit spanischen untermischte Worte, und das einzige, das er richtig betonte und wiederholt hervorstieß, war »Rum!«

Er sagte das erst mit ruhig ernster Miene und blickte dabei gen Himmel, als wenn er erwartete, dass eine Flasche mit Gläsern aus den Wolken herabfallen müsse, als aber nichts dergleichen erschien, wiederholte er, sehr ungeduldig, befehlend: »Rum!« und blickte dieses Mal die laut lachenden Kadetten dabei an. Als dann wieder kein Steward mit dem ersehnten Nektar die Kajütentreppe heraufstieg, stieß er nochmals brüllend das Wort »Rum!« hervor, so dass es wie das kurze Bellen eines Hundes klang. – Alles vergebens! Der hinzugetretene Kapitän schüttelte ernst verneinend den Kopf, und die naseweisen Kadetten lachten noch lauter. Da drehte ihnen der beleidigte Häuptling den Rücken zu und wollte, trotzig, nun auch keine Handelsgeschäfte mit den Engländern unternehmen, obgleich seine Leute das unten wartende Boot mit Südfrüchten, Geflügel und Eiern ganz bepackt hatten. Aber unterdessen waren viele andere »Kanus«, wie die afrikanischen Boote genannt werden, reich mit allen diesen Artikeln beladen, herangerudert, die nicht gegen Geld, sondern gegen bunte Kattuntücher, blanke Metallknöpfe und dergleichen wertlose Dinge eingetauscht wurden. Rum und Branntwein ist aber das Höchste für die Bewohner, sie geben für eine Flasche Feuerwasser ihr Bestes her, und die Europäer, die dasselbe bei den unwissenden Völkern einführen, laden eine große Verantwortung auf sich, da sie ihnen dadurch Veranlassung zu dem schrecklichsten aller Laster, der Trunksucht, geben.

Zwei Stunden später wurden Erich und Milford, zu ihrer großen Freude, beordert, den Kapitän an Land zu begleiten, und als sie sich in der Kajüte die bessere Uniform anlegten, prophezeite ihnen Sefton, ein durch seine schwarzsehende, stets Schlimmes befürchtende Stimmung oft von ihnen geneckter Kamerad, dass sie sich in der verrufenen Lagune von Quittah entweder den Tod oder das Fieber holen würden.

Der Kutter wurde herabgelassen und brachte den Kapitän bald mit seinem Gefolge bis nahe zum Strand, aber das Wasser war dort so flach, dass die Landung nur mittelst eines Kanus der Eingeborenen möglich war, das von Dutzenden großer, gefräßiger Haifische verfolgt wurde, und Milford konnte einen leichten Schauder nicht unterdrücken, als er sah, wie nur die dünnen Planken des leichten Fahrzeuges sie alle vor einem schrecklichen Tode schützten. Die Afrikaner schlugen beständig mit den Rudern nach den Ungetümen, und der jüngste Kadett atmete erleichtert auf, als sie endlich den Fuß ans Land setzten, und von einem Schwarm Neugieriger gefolgt, durch die brennende Sonnenglut schreitend, das Tor der kleinen, verfallenen Festung erreichten. Eigentlich verdiente dieselbe nicht mehr den Namen einer solchen, das gestand der kränklich aussehende dänische Kommandant dem englischen Kapitän selbst zu, als er ihm seine wenigen schwarzen Soldaten und seine verrosteten Kanonen zeigte und den Herren erzählte, dass er der einzige weiße Mann in der Umgegend sei.

»Quittah war einst eine blühende Stadt«, fügte er hinzu, »aber seit die dänische Regierung natürlich die Engländer bei der Unterdrückung des schändlichen Sklavenhandels soviel wie möglich unterstützt, verfällt sie gerade wie meine Festung mehr und mehr«, dabei zeigte er auf die zerbröckelten Wälle ringsum.

»Und wie weit reicht Ihr Gebiet, Herr Kommandant?«, fragte der Kapitän.

»Gerade so weit wie meine Kanonen reichen, oder, wie die Eingeborenen sich einbilden, reichen könnten, denn sie glauben, dass jene uralten, ziemlich unbrauchbaren Zweiunddreißigpfünder ihre Kugeln in unabsehbare Ferne schicken können, und ich lasse sie natürlich bei dem Glauben.«

Auf Milfords ihm zugeflüsterte Bitte fragte Erich jetzt den Kapitän, ob er mit dem Kameraden für einige Stunden die Umgegend besuchen dürfe, und sie erhielten die Erlaubnis, mit der Ermahnung, sehr vorsichtig zu sein und stets in der

Schussweite der Festung zu bleiben. Nach wenigen Minuten waren die beiden jungen Leute in der Stadt, die sie aber völlig still und menschenleer fanden, die Bewohner hielten offenbar während der heißesten Stunden ihre Mittagsruhe, und die einzigen lebenden Wesen, die ihnen begegneten, waren lange, hungrige, magere Schweine, die gierig die Abfälle in den schmutzigen Straßen verzehrten. Als Erich zuschaute, wie zwei derselben um eine große, fette Ratte kämpften, gelobte er sich, nie in den Tropen Schweinefleisch zu essen.

Milford, der voll Neugierde vorausgeeilt war, rief ihm jetzt mit Ausrufen des Entzückens zu, er möge sich doch beeilen, und als er ihn erreicht hatte, war er ebenso begeistert über den Anblick der herrlichen Landschaft, die sich vor ihnen entfaltete. Ein langsam dahinfließendes, breites Wasser war von der einen Seite von einem hohen, kühlen, tropischen Urwald begrenzt, dessen Unterholz, mit riesigen Schlinggewächsen verwachsen, bis in das Wasser hineinreichte. Das war die verrufene Lagune von Quittah, vor deren Fieberdünsten Sefton sie am Morgen gewarnt hatte, die sich von Lagos bis zum Kap St. Paul die Meeresküste entlangzieht.

Die unternehmenden, jungen Seeleute konnten natürlich der Versuchung nicht widerstehen, sie mussten die brennende Sonnenseite für ein Stündchen verlassen und schnell ein kleines, angekettetes Fahrzeug besteigen, um zum jenseitigen Ufer in den verlockenden Waldesschatten zu rudern.

»Eins musst du mir jetzt aber versprechen, Milford,« sagte Erich ernst, »du darfst dich nicht rühren und gar nicht reden, musst gut acht auf alles geben und vorsichtig rudern, denn du siehst, wie schmal und klein dies Kanu ist, es kann sehr leicht umschlagen, und dann würden wir sofort von den Krokodilen verschlungen, sieh nur jenes große Ungeheuer dort unter der

Fächerpalme, das schon gierig den Rachen öffnet.«

Bald hatten sie das jenseitige Ufer erreicht, aber kein Platz zum Landen war zu finden, die dunklen Mangrovebüsche standen so dicht nebeneinander, und ihre verschlungenen Wurzeln reichten so weit hinein in das sumpfige Uferwasser, dass es unmöglich war, das Boot durch den übelriechenden Schlamm zu bringen. So gaben sie denn das Landen auf und fuhren etwa eine halbe Stunde auf der Lagune hinunter, ganz begeistert über den eigenartigen Anblick des tropischen Urwaldes und der Ungetüme, die die Lagune barg. Bald kam ein gefräßiges Krokodil dem Kanu so nahe, dass Erich mit dem Ruder danach schlug, worauf es dann eiligst verschwand; dann wieder tauchte der riesige Kopf eines Hippopotamus aus dem Wasser und stieß ein kurzes Gebrüll aus; dann entdeckten sie hoch oben, um den Stamm einer Palme geringelt, den widerlichen Leib einer giftigen Schlange, und ruderten eiligst aus dem Bereich des Waldes, mehr auf die Mitte der Lagune. Leider hatten sie nur zwei kurze Stunden Urlaub, und die Hälfte war schon verstrichen, so wollte Erich gerade umkehren, da erblickte er zu seiner Überraschung, nur wenige Schritte weiter, die Mündung eines Seitenkanals, eines sogenannten »Creeks«. Natürlich war die Neugierde der jungen Entdecker zu groß, sie mussten wissen, wie breit derselbe war, jeder Seemann hat ja auch die Pflicht, unbekannte Gewässer zu erforschen; so ruderten sie denn noch eine kurze Strecke in den Kanal hinein, und alle Vorsicht vergessend, bat Milford, als er ein Plätzchen zum Landen entdeckte, nur für kurze Augenblicke in den Wald gehen zu dürfen. Erich sah nach der Uhr, »höchstens zehn Minuten dürfen wir darauf verwenden, denn in einer Stunde müssen wir schon wieder in der Festung sein, also schnell, wir wollen nur jene hohe Palme erklimmen, da können wir vielleicht sehen, wohin der Kanal führt und wie lang er ist.«

Schnell war das Boot befestigt, und voll Entzücken betrachteten sie die großartige Landschaft ringsum, aber zehn Minuten sind schnell verflossen; Erich, gewissenhaft wie immer, war der erste, der wieder unten war, und hatte rasch das Kanu losgebunden und bestiegen, seinem Gefährten dabei fortwährend Ermahnungen zur eiligen Rückkehr zurufend. Da kam er endlich und sprang, unbesonnen, von einem großen Mangroveast mit einem Satz in das kleine Fahrzeug, das sofort umschlug, und die beiden Insassen lagen im Schlamm.

Mit furchtbarer Anstrengung arbeitete sich der kräftige Erich empor, richtete das Kanu auf und schaute sich, ernstlich erzürnt, nach dem leichtsinnigen Gefährten um, da entdeckte er, zu seinem Entsetzen, wie ein riesiges Krokodil, nur noch etwa zwei Schritte von Milfords Rücken entfernt, auf denselben zuschwamm. Mit Blitzesschnelligkeit ergriff er das Ruder und schlug mit solcher Gewalt auf den geöffneten Rachen, dass der Schlamm bald blutig gefärbt war, und das Ungetüm in demselben versank. Es war das Werk weniger Sekunden, Erichs Geistesgegenwart hatte ihn keinen Augenblick verlassen, nun packte er den vor Schrecken todbleichen, halb bewusstlosen Kameraden mit Riesenkraft und zog ihn vorsichtig in das Boot, denn jede Minute konnten ja andere schreckliche Ungeheuer aus dem Sumpf tauchen und sie beide verschlingen.

Es war ein hervorragender Charakterzug des biederen, jungen Seemanns, dass er, je größer die Gefahr, desto ruhiger und gefasster wurde. Kein Wort des Vorwurfs kam über seine Lippen, als er nun, das Ruder ansetzend, in das bleiche, traurige Antlitz des jüngeren Gefährten blickte, der ihm mit den Worten die Hand gab: »Gott lohne es dir, Erich, du hast mir durch deine Geistesgegenwart und treue Hilfe das Leben gerettet, das ich ohne dich, durch eigene Schuld und Unbedachtsamkeit, eingebüßt haben würde.«

»Wir haben fast eine Viertelstunde bei dem Unfall verloren«, antwortete Erich ruhig, »und müssen nun beide angestrengt rudern, um zur rechten Zeit in der Festung zu sein; was wird aber der Kapitän sagen, wenn er uns mit Schlamm bedeckt wiedersieht.« Das war alles, und schweigend erreichten sie, nach einer guten halben Stunde, das Ufer der Lagune, als gleichzeitig, zu ihrem Schrecken, ein Signalschuss von der *Viktoria* ertönte. Atemlos liefen sie durch die Stadt und begegneten Kapitän Ellis, schon außerhalb der Festung, auf dem Weg zum Strand. Schnell wurde das wartende Boot bestiegen, und die englischen Matrosen berichteten ihrem Kommandanten, dass ein großes, verdächtiges Segel, vom Lande herkommend, im Nordosten aufgetaucht, dann aber bald wieder verschwunden und der Kurs des fremden Schiffes geändert worden sei, sobald die Besatzung den englischen Kreuzer bemerkt zu haben schien.

Kapitän Ellis war zu sehr mit dieser Meldung und seinen Plänen beschäftigt, um jetzt seine jungen Kadetten zu befragen, auf welche Weise ihre Uniform in diesen schmutzigen Zustand geraten sei, und als die *Viktoria* erreicht war, schlüpften die beiden jungen Abenteurer eiligst in ihre Kajüte, um sich der schlammigen Anzüge zu entledigen. Erich hatte das Sumpfbad nichts geschadet, aber Milford war ganz erschöpft und aufgeregt nach dem ausgestandenen Schrecken, und Seftons Achselzucken und die dem Arzt zugeflüsterten Worte: »Nicht wahr, der Anfang des gelben Fiebers?«, machten ihn noch elender, so dass er ins Lazarett beordert wurde.

Als Erich aufs Oberdeck kam, fand er dort große Aufregung

während der Verfolgung des verdächtigen Schiffes; die frische Brise, die in jenen Breitegraden gewöhnlich um zehn Uhr morgens beginnt und bis gegen Abend anhält, fing schon an, nachzulassen, und Kapitän Ellis beobachtete ängstlich die eigenen und die feindlichen Segel, die immer schlaffer wurden, so wie der Lauf der Schiffe mit jedem Augenblick langsamer. Um fünf Uhr trat völlige Windstille ein, nun musste die Jagd aufgegeben werden, und bald lag der Kreuzer wie der Schoner ganz still. »Ich würde gern unsere Kutter, stark bemannt, hinüberschicken,« sagte Kapitän Ellis zum ersten Offizier, »doch wer weiß, wie stark die Feinde bewaffnet sind, ich will unnützes Blutvergießen vermeiden, aber die Gegner wenigstens jetzt zwingen, ihre Flagge zu zeigen, lassen Sie die unsrige aufziehen und einen Signalschuss abfeuern.«

Beides geschah, und kaum hatte sich der Pulverrauch verzogen, so wurde das Signal beantwortet, und das fremde Schiff zeigte die französische Flagge.

»Dachte ich's mir doch!«, rief Kapitän Ellis, »der Schoner steckt natürlich voll Sklaven, und sie hoffen, uns unter dieser Flagge zu entwischen, aber ich werde auf meiner Hut sein!«

Die Sonne sank jetzt, und bald verhüllte tiefe Dunkelheit beide Schiffe; Erich war froh, als er um acht Uhr seine Wache überstanden hatte, denn er war entsetzlich müde nach den Anstrengungen und Aufregungen des Tages; doch ehe er sein Lager aufsuchte, sah er noch nach Milford, der ihm die Hand entgegenstreckte. »Wie gut von dir, dass du noch zu mir kommst«, sagte er herzlich, »ohne dich wäre ich nicht mehr hier, wie soll ich dir jemals meine Dankbarkeit beweisen, du mein teurer Lebensretter?«

»Dadurch, dass du jetzt sofort einschläfst, mein Junge, und morgen früh um fünf Uhr frisch und gesund den schurkischen

Sklavenhändler fangen hilfst!«

Erichs Schlaf war diese Nacht nicht so erquickend wie sonst, immerfort träumte er von Krokodilen, Schlangen und Mangrovensümpfen, und um vier Uhr morgens musste er wieder auf Deck sein, um seine Wache anzutreten. Die *Viktoria* bewegte sich nur langsam bei dem schwachen Landwind weiter, und ungeduldig erwarteten Kapitän und Besatzung das Tageslicht, das dann plötzlich, wie stets in den Tropen, die tiefe Dunkelheit ohne vorhergehende Dämmerung vertrieb. Dort lag das verdächtige Schiff, einige hundert Schritt entfernt, und es kam ihnen vor, als ob große Unruhe an Bord herrsche, sie zogen gerade ein Boot auf, als es Tag wurde, und Kapitän Ellis befürchtete, dass sie ihre Sklaven ans Land geschafft und dort in einem Schlupfwinkel verborgen hielten. Er befahl dem ersten Offizier, sofort den Kutter zu bemannen und hinüber zu dem fremden Schiff zu fahren: »Sie lassen sich dort die Papiere zeigen, und wenn Sie alles in Ordnung finden und es wirklich Franzosen sind, kommen Sie sogleich zurück; fahren Sie mit, Walder, und halten Sie Ihre Augen offen, Milford und Sefton können Sie ebenfalls begleiten, schnallen Sie Ihre Degen um!«

Milford hatte seinen gestrigen Schrecken ausgeschlafen und war voll neuer Unternehmungslust, hoch beglückt, mit seinem Retter an der Expedition teilnehmen zu dürfen. »Warum können wir denn ein Sklavenschiff unter französischer Flagge nicht nehmen?«, fragte er Erich, während der Kutter hinabgelassen wurde.

»Weil die französische Regierung den englischen Kreuzern nicht das Recht gegeben, sich aber nach langen Unterhandlungen verpflichtet hat, ihre eigenen Kriegsschiffe an der Westküste zu halten, um dem Sklavenhandel Einhalt zu tun, seit wir ihnen bewiesen haben, dass die nichtswürdigen portugiesischen und brasilianischen Seelenverkäufer uns sehr häufig unter der ihnen nicht zukommenden französischen Flagge entwischt sind.«

Bald war der fremde Schoner erreicht, ein schönes, schlankes Fahrzeug, das den Namen *Sylphide* mit goldenen Buchstaben am Bug trug, eine Strickleiter wurde herabgelassen, und ein wirklicher Franzose empfing die englischen Offiziere und fragte sehr höflich, was ihnen die Ehre des Besuches verschaffe. Der erste Offizier verlangte im Namen der englischen Regierung die Schiffspapiere zu sehen, die ihm auch sofort mit spöttischem Achselzucken überreicht wurden und völlig in Ordnung schienen, der Schoner wurde darin als die *Sylphide* bezeichnet, die zu Handelszwecken von Bordeaux zur Westküste gesandt sei.

Herr Scharf musste unverrichteter Sache in den Kutter zurückkehren, während Erich ihm zuflüsterte: »Es ist ganz sicher ein Sklavenhändler, ich lief die halbe Kajütentreppe hinunter, wo mir eine finstere, portugiesisch sprechende Wache den Weg vertrat, aber ich sah deutlich durch eine offene Tür in einem großen, schmutzigen Raume eine Menge eiserner Ringe und Ketten am Boden. Als ich dann wieder aufs Deck trat, fragte mich ein bräunlicher Aufseher mit einem wahren Halunkengesicht, ob wir in den letzten Tagen einem französischen Kriegsschiff begegnet seien, er sprach nur gebrochen Englisch, und als ich seine Frage bejahte, ging er zu dem schwarzäugigen, finsteren Kapitän, der ganz in der Nähe stand, und teilte es ihm offenbar mit, aber in einer mir fremden Sprache. Französisch war es nicht, denn das verstehe und spreche ich selbst, nie sah ich eine so große Schurkenbande beisammen!«

Alle diese Beobachtungen teilte Erich gleich darauf seinem

Kommandeur mit, und dieser befahl ihm, nach kurzem Besinnen, sofort mit dem noch bemannten Kutter südwärts zu steuern und alles aufzubieten, um die französische Korvette, die ihnen gestern, zwei Stunden vor Quittah, begegnet war, aufzufinden und dort den Vorgang zu melden.

Wie glücklich war unser Seekadett über das in ihn gesetzte Vertrauen, und von Milford, James, dem Quartermeister und sechs tüchtigen Matrosen begleitet, trat er sofort seine Fahrt an. Das Glück begünstigte ihn sehr, denn schon um neun Uhr machte sich eine günstige Brise auf, und nach zwei Stunden trafen sie auf die französische Korvette, deren Kommandant ihn mit großer Freundlichkeit empfing und auf seine Mitteilungen beschloss, sofort zu der verdächtigen *Sylphide* zu fahren. Er schlug ihm vor, seinen Kutter ins Schlepptau zu nehmen, was Erich mit Dank annahm, da er zu gern Zeuge sein wollte, wie die verruchten Sklavenhändler ihre Züchtigung erhielten. Bald nach Mittag näherte sich die Korvette der *Sylphide*, aber zur Überraschung aller Zuschauer wurde plötzlich deren französische Flagge entfernt.

»Was hat das zu bedeuten?«, fragte Erich, eben auf die *Viktoria* zurückgekehrt, und gespannt wie alle anderen durch sein Fernrohr die Vorgänge beobachtend.

»Wahrscheinlich als Zeichen der Übergabe«, antwortete der zweite Offizier, und deutlich sahen die Engländer nun das heftige Gestikulieren, die erhobenen Arme des lebhaften französischen Befehlshabers bei der offenbar sehr zornigen Unterredung mit dem verdächtigen, fremden Schiffsführer, bis beide auf der Treppe der Kajüte verschwanden. Aber zur allgemeinen Überraschung bestieg der Franzose nach einer Viertelstunde wieder sein Boot, kehrte aber nicht auf seine Korvette zurück, sondern ließ sich zur *Viktoria* rudern.

»Wache heraus!«, erscholl aus derselben das Kommando, und der französische Befehlshaber wurde mit allen militärischen Ehren empfangen und von Kapitän Ellis in die Kajüte geführt.

Es war kein langer Besuch, aber die erwartungsvoll auf Deck in Parade aufgestellte Besatzung bemerkte bald, dass ihr Kommandant sehr vergnügt aussah, als er den Gast bis an die Schiffstreppe begleitete; und freudestrahlend empfingen Offiziere und Matrosen gleich darauf den Befehl, beide Kutter zu bemannen.

»Was sagen Sie zu der Dummheit dieser Bande, Herr Scharf?«, fügte Kapitän Ellis hinzu, »sie haben kurz vor Ankunft der Korvette nicht nur die Flagge entfernt und so gut versteckt, dass sie nicht zu finden war, sondern auch die Schiffspapiere über Bord geworfen, denn die Franzosen hörten und sahen das Plätschern des Wassers, als ob etwas Schweres, wahrscheinlich ein eiserner Kasten, versenkt wurde.

»Der Korvettenkapitän ist nun fest überzeugt, dass es ein brasilianisches Sklavenschiff ist, denn er sah, wie Herr Walder, die eisernen Ringe und Ketten in dem großen, schmutzigen Raum, womit die armen Opfer gefesselt waren, die wahrscheinlich im Dunkel der vorigen Nacht, auf Booten gelandet und über die Lagune in einen sicheren Schlupfwinkel gebracht sind, weil sie uns fürchteten.«

»Durch den Kanal, wo du mir gestern das Leben rettetest«, raunte Milford Erich ins Ohr.

»Der schurkische Seelenverkäufer wusste recht gut«, fuhr Kapitän Ellis fort, »dass der französische Kommandant sein Schiff nur nehmen durfte, wenn er falsche französische Papiere und Flaggen fand, deshalb hat er alles entfernt und fest behauptet, die *Sylphide* gehöre den Portugiesen, aber er vergaß, dass die Engländer seit Jahren das Recht haben, alle verdächtigen Schiffe zu nehmen, die nicht die französische Flagge führen, und dass die *Viktoria* noch in der Nähe ist. Also schnell ans Werk, Herr Scharf, Sie werden den zweiten Kutter führen, ich selbst den ersten, gürten Sie Ihr Schwert um und laden Sie den Revolver, Herr Walder, Sie werden mich begleiten.«

Als die Besatzung der *Sylphide* eine Viertelstunde später die beiden englischen Kutter nahen sah, wurde sofort die französische Flagge wieder aufgezogen, und ein spöttisches Lächeln zeigte sich bei diesem Manöver auf Kapitän Ellis' ernstem Antlitz, aber mit finsterer Miene und Donnerstimme rief er, nachdem er das Deck des schmucken Fahrzeuges bestiegen, das so schändlichem Zwecke dienen musste: »Ich nehme im Namen der englischen Regierung Besitz von diesem brasilianischen Sklavenschiff.«

»Sie haben kein Recht dazu, wir sind Franzosen«, antwortete wütend der grimmige Eigentümer und wies auf die Flagge.

»So zeigen Sie mir Ihre Papiere!«

»Die sind von Ihrem ersten Offizier schon heute früh für richtig befunden!«

»Ich will sie aber jetzt selbst sehen,« antwortete Kapitän Ellis ruhig.

Der Sklavenhändler wusste nun, dass alles verloren, und mit einem Fluche seinen Dolch hervorziehend, stürzte er sich auf seinen Feind, aber dieser packte mit starkem Griff den erhobenen Arm, während sein Gefolge, Erich voran, den Brasilianer binnen wenigen Sekunden zu Boden geworfen und gefesselt hatten, ohne dass ein einziger Mann von der Schiffsbesatzung seinem Herrn zu Hilfe kam. Sie hatten sich feige in die unteren Räume geflüchtet, wurden aber bald von den englischen Matrosen samt ihrem Gepäck geholt. – »Eine schreckliche Bande!« sagte Kapitän Ellis, als er die finsteren Gestalten betrachtete, »schaffen Sie die Schurken sofort gefesselt ins Gefängnis der *Viktoria*, wir werden sie nach Lagos zur Bestrafung bringen, aber es sind ja nur siebenundzwanzig,« fügte er, sie zählend, hinzu, »sagten Sie mir nicht heute früh, es wären fünfunddreißig, Herr Walder?«

»So schien es mir, aber ich habe mich vielleicht geirrt,« erwiderte Erich, »da ich ja nur kurze Zeit an Bord war und die Leute auf Deck hin und her liefen.« – Die unteren Schiffsräume wurden untersucht, aber niemand gefunden, und die siebenundzwanzig unheimlichen Gestalten jetzt in den Kutter gebracht.

»Selten sah ich so viele Schurken beisammen«, sagte Kapitän Ellis, ihnen schaudernd nachblickend, »und das auf einem so prächtigen Schiff, die Frage ist nur, wie wollen wir dasselbe nach St. Helena schaffen, Herr Scharf, gerade jetzt, wo wir so großen Mangel an Offizieren haben. Viere sind schon mit ›Prisenschiffen‹ fort, Rutherford ist fieberkrank, und daher nicht imstande, das Kommando der ›Sylphide‹ zu übernehmen, da wird es das beste sein, ich übergebe es Walder, er hat sich in diesen vier Jahren als sehr tüchtig und zuverlässig bewährt und kann es nach Lagos bringen, dort soll ich, nach meinen letzten Nachrichten aus London, in der nächsten Woche mit einem Admiral auf einer englischen Fregatte zusammentreffen.«

Erich, der den Transport der Gefangenen beaufsichtigt hatte, wurde herbeigerufen und hörte, strahlend vor Freude, dass er bestimmt sei, für einige Tage das Kommando der »Sylphide« zu übernehmen. »Ich gebe Ihnen dadurch einen großen Beweis meines Vertrauens, Herr Walder,« sagte der

Kapitän, »glauben Sie, dass Sie imstande sind, das Schiff sicher hinüber zu führen?«

»O, ganz gewiss!«, antwortete der glückliche Kadett, und hätte es gern übernommen, dasselbe ans Ende der Welt zu bringen.

»Wohlan denn, Herr Scharf, suchen Sie ihm sieben tüchtige Matrosen unter der Besatzung der *Viktoria* aus, dazu James, den Quartermaster, und noch einen Kadetten – Sie nehmen wohl Ihren Schützling Milford am liebsten – ich bin damit zufrieden, holen Sie Ihre notwendigsten Sachen für die etwa fünftägige Fahrt, und morgen früh können Sie die Reise antreten, wir segeln schon heute Abend mit dem Landwind, der meistens um neun Uhr eintritt, und erwarten Sie in Lagos, Gott mit Ihnen!«

Vor Sonnenuntergang war die neue Besatzung an Bord der *Sylphide* – sie war sehr klein, aber die *Viktoria* konnte nicht mehr Leute entbehren, und Erich fühlte sich stolz wie ein König, als er das Deck der schlanken Brigg auf und ab schritt. Das war ja auch ganz natürlich für einen zwanzigjährigen Jüngling, und er hatte Ursache, sich über diesen Beweis großen Vertrauens zu freuen, denn wenn auch sein Kommando nur wenige Tage dauern sollte, hatte man doch eine große Verantwortlichkeit für zehn Menschenleben und die Sicherheit des wertvollen Schiffes auf seine jungen Schultern gelegt. Er fühlte das selbst und nahm sich vor, alles aufzubieten, um seinen Posten gewissenhaft auszufüllen; »gib du mir Kraft dazu, du treuer Gott,« betete er leise, als er die erste Nachtwache mit vier Matrosen antrat und bestimmt hatte, dass Milford mit dem Quartermaster die Mitternachtswache übernehmen solle.

Gleichmäßig verfolgte die *Sylphide*, bei einem leichten Landwind, ihren Kurs nach Nordwest, den unser Held auf Rat des Kapitäns eingeschlagen hatte, damit er sich nicht zu weit von der Küste entferne, der größeren Sicherheit wegen. Erich hatte nichts zu tun, er schritt langsam auf der Kommandobrücke auf und ab und überließ sich seinen Gedanken, die in weite Ferne schweiften. »Wird es dir wohl einst vergönnt sein«, dachte er, »so als Kommandant eines großen deutschen Schiffes auf der Brücke zu stehen?« – Das war ja das Ziel seiner Sehnsucht seit seinen Knabenjahren gewesen, denn wenn er auch unter dem gütigen und sehr hervorragenden Kapitän Ellis viel gelernt hatte und sehr glücklich mit den englischen Kameraden auf der *Viktoria* gewesen war, sein Herz blieb dem geliebten Vaterlande treu, und mit hoher Freude erfüllte ihn seit einigen Monaten der Inhalt eines ausführlichen Briefes von seinem einstigen, teuren Lehrer, Doktor Bucher, aus Goslar. Derselbe teilte ihm mit, dass die so klein begonnene Dampferaktiengesellschaft des Norddeutschen Lloyd in Bremen, die der hochverdiente dortige Konsul H. Meyer 1857 gegründet hatte, seit kurzem einen hohen Aufschwung genommen und große Bedeutung für Industrie und Handel gewinne. Ganz glücklich darüber, fügte der Harzer Patriot noch hinzu, dass die Sicherheit und Regelmäßigkeit dieses Dampferbetriebs zwischen Bremen und New York dem Lloyd nun auch die Beförderung der englischen und amerikanischen Post eingetragen habe. Der Personenverkehr, der früher nur durch englische Schiffe betrieben worden sei, habe im letzten Jahr 1863 bereits 9714 Passagiere auf Lloyddampfern betragen, daher müsse von nun an wöchentlich ein solcher von Bremerhaven nach New York abgehen, und der Bau mehrerer neuer, ganz aus Eisen gefertigter, über 300 Fuß langer Schiffe wäre kürzlich beschlossen worden.

Erich frohlockte bei diesen Nachrichten, wie oft hatte Doktor Bucher ihm in seinen Schuljahren gesagt, dass die Deutschen so arm wären, weil die Schifffahrt zu unbedeutend sei und die Erzeugnisse der deutschen Fabriken nicht genügend nach anderen Weltteilen geführt werden könnten, dass England den Handel mit überseeischen Völkern allein in Händen habe. Nun sollte das alles anders werden, hauptsächlich durch das Verdienst des Norddeutschen Lloyd; o, was würde der junge Kadett darum gegeben haben, auf solch einem Dampfer angestellt zu werden, aber er fürchtete, dass dazu gar keine Aussicht sei, denn Doktor Bucher hatte ihm auch mitgeteilt, dass seit dem Aufschwung des Lloyd seit einiger Zeit die Söhne der besten Familien, als Gymnasialschüler, Lust bekommen hätten, zur See zu gehen, dass sie alle vom unteren Schiffsjungen auf dienen müssten, um, wenn sie mehrere Jahre als Matrosen gefahren, die Navigationsschule in Bremen zu besuchen und das Offiziers- und später das Kapitänsexamen abzulegen. Er fügte auch noch hinzu, dass zwei seiner früheren Schüler, die auf dem Polytechnikum in Hannover zu Ingenieuren ausgebildet seien, sich zu den Maschinistenstellen auf Lloyddampfern gemeldet hätten, und dass die Zahl der jungen Ärzte und Offiziersaspiranten, die bereits auf der Liste des Lloyd ständen, sehr groß sein sollte, wie ihm seine früheren Schüler bei einem Besuch in Goslar erzählt hätten.

Dieser Nachsatz in Doktor Buchers Briefe machte Erich das Herz sehr schwer, denn wie sollte es ihm bei solchem Andrang und ohne Fürsprache bei der Direktion jemals gelingen, eine Anstellung zu erhalten! Das alles ging ihm in dieser ersten Nacht auf der *Sylphide* durch den Kopf, als er, zu aufgeregt, um zu schlafen, sich nach Mitternacht, als Milford und James die

Wache angetreten, unter ein aufgespanntes, leinenes Schutzdach niedergelegt hatte. Sie alle hatten sich nicht entschließen können, die heißen, dumpfen und sehr schmutzigen Kajüten der Sklavenhändler zu bewohnen, und deshalb vorgezogen, ihre Decken und Matratzen von der *Viktoria* mitzubringen und unter den Sonnendächern auf Deck zu ruhen.

Endlich übermannte die Müdigkeit und Abspannung sowie die große Hitze doch den jungen Befehlshaber nach dem aufregenden Tage, er war in eine Art Halbschlummer gesunken, aus dem er plötzlich, durch eine Berührung seines Körpers, erwachte und deutlich, trotz der Finsternis, bemerkte, dass sich jemand über ihn beugte und im Begriff war, sich auf ihn zu werfen. Seine ganze Energie war im Nu erwacht, mit ungewöhnlicher Körperkraft begabt, gelang es ihm, die dunkle Gestalt zurückzustoßen, und aufspringend rief er mit Donnerstimme:

»Wache, hierher!«, sah dann beim schwachen Schimmer einer näher getragenen Laterne ein auf ihn gezücktes Dolchmesser blinken, er packte aber den aufgehobenen Arm mit Riesenkraft, und im selben Augenblick fiel sein Angreifer, von des herbeigeeilten Quartermasters Degen durchbohrt, fluchend und stöhnend zu Boden. Ringsum tauchten jetzt dunkle Gestalten auf, wüstes Geschrei und portugiesische Flüche ertönten über das ganze Deck, auf dessen Mitte, dicht unter der Kommandobrücke und neben dem geöffneten Skylight der Kajüte, der junge Befehlshaber mit seiner tiefen, kräftigen Stimme das Kommando: »Englische Besatzung, hierher!«, rief. Im selben Augenblick feuerte der Quartermaster seinen Revolver auf einen von der Seite heranschleichenden Brasilianer, der tödlich getroffen zu Boden sank, als Milford, durch ein Messer der Meuchelmörder an der Schulter schwer verletzt, herbeiwankte, und vom Vorderteil des Schiffes die englischen Matrosen ihrem geliebten, jungen Führer zu Hilfe eilten. »Steigen Sie schnell durch das Skylight, John!«, rief er einem hochgewachsenen Irländer zu, der sich durch seine Gewandtheit und Kraft stets auf der *Viktoria* hervorgetan hatte, »und reichen Sie uns die drei geladenen Revolver herauf, die ich gestern den Schurken abgenommen und auf den Tisch gelegt habe.«

Binnen wenigen Minuten war die kleine aber tüchtige englische Besatzung bewaffnet, und mit gut gezielten Schüssen wurden die neun dunklen Gestalten empfangen, die sich jetzt mit ihren Dolchen auf sie stürzen wollten, aber feige auf das Hinterteil des Schiffes flüchteten, als drei von ihnen, von Kugeln schwer getroffen, zu Boden stürzten.

»Lassen Sie uns die Meuchelmörder sämtlich niederschießen, Herr Walder!«, rief der wütende Quartermaster, seinen Revolver aufs Neue ladend.

»Nein!«, erwiderte Erich fest, »aber unschädlich müssen sie sofort gemacht werden, lasst sie nicht in die unteren Schlupfwinkel, sie würden das Schiff anbohren und uns alle verderben, bindet sie an Händen und Füßen, und dann werden wir sehen, was wir bei Tagesanbruch mit ihnen beginnen.«

Während der Quartermaster und die handfesten Matrosen die Schurken fesselten, verband Erich mit seinem Taschentuch die stark blutende Schulterwunde seines Freundes beim Schein des Kompasslichtes, dann ging er in die Kajüte hinunter, um etwas Wein für den durch Blutverlust und Schrecken völlig erschöpften Kadetten zu holen, und hörte den Bericht des Quartermasters, den er kurz und ernst fragte, ob denn die Wache geschlafen, da niemand das Auftauchen der mitternächtlichen Mörder vor ihm selbst bemerkt habe.

»Da das Schiff bei der um elf Uhr eingetretenen Windstille sich kaum fortbewegte, können sie nur mit einem Boot herangekommen und hinaufgeklettert sein«, sagte er, »denn wir haben ja die unteren Räume gestern genau durchsucht.«

»Mit einem Boot sind sie sicher nicht an Bord gekommen, Herr Walder!«, erwiderte der brave James, »das kann ich mit einem heiligen Eide beschwören, denn ich habe die Kommandobrücke, von der ich doch alles übersehen kann, keinen Augenblick verlassen. Herr Milford schritt auf dem Deck auf und ab und blieb mitunter einige Minuten bei dem Mann am Steuer stehen, John hatte die Wache am Bug, Jack am Hinterteil des Schiffes, überall herrschte tiefe Stille, da hörte ich plötzlich Ihren Ruf und stürzte die paar Stufen der Brücke hinunter. Mein Messer hat Ihrem Angreifer das Herz durchbohrt, er ist tot wie die vier anderen von unseren Kugeln getroffenen Banditen, die übrigen fünf haben wir mit starken Tauen gebunden!«

»Es ist gut, Quartermaster!«, sagte Erich und schüttelte ihm die Hand, »bei Tageslicht müssen wir das Rätsel zu lösen suchen und finden sicher den Schlupfwinkel der Meuchelmörder.«

Endlich war die schreckliche Nacht vorüber, das goldene Licht der aufgehenden Sonne bestrahlte die weißen Segel und das blutgetränkte Deck der *Sylphide*, und der junge Befehlshaber wendete sich mit geheimem Schauder von dem Anblick der leblosen Gestalten der erschossenen Mörder und befahl, die Leichen über Bord zu schaffen. Dann blickte er mit Abscheu auf die fünf gefesselten Portugiesen und Brasilianer, die miteinander flüsterten und wütend fluchten, als der Quartermeister entdeckt hatte, dass es dem einen gelungen war, mit einem irgendwo verborgenen Messer, gleich bei Tagesanbruch, seine linke Hand von dem Tau zu befreien. »Sollen wir wirklich die gefährlichen Schurken fünf Tage, und bei anhaltender Windstille vielleicht noch länger, an Bord haben, Herr Wälder?« fragte James, »sie haben ja den Tod zehnfach verdient, selbst unsere Kugeln sind zu gut für sie, und jeder Befehlshaber eines englischen Kriegsschiffes würde sie aufhängen lassen, damit sie nicht noch mehr Unheil anrichten.«

»Aber ich bin kein Befehlshaber, Quartermaster«, erwiderte Erich ernst, »ich will sie Gottes rächender Hand überlassen«, fügte er nach kurzem Besinnen hinzu, »die Sicherheit von zehn Menschenleben und des Schiffes ist mir anvertraut, da wäre es freilich gewagt, fünf Meuchelmörder darauf zu behalten, da unsere Besatzung zu schwach ist, mein Kamerad verwundet und die Hälfte der Mannschaft abwechselnd der Ruhe bedarf. Wir besitzen zwei Boote, lassen Sie das eine hinab und versehen Sie es mit so viel Proviant und Trinkwasser, wie es tragen kann, und dann schaffen Sie die Gefangenen hinein, aber erst unten im Boot lösen Sie die Fesseln.«

Des jungen Befehlshabers Beschluss wurde vollführt, und der finstere, angstvolle Ausdruck auf den Schurkengesichtern veränderte sich in ein teuflisches Grinsen, als sie im Boot angelangt waren; sie hatten offenbar den verdienten Tod erwartet, hatten aber kein Wort des Dankes für die unverhoffte Freiheit, nur wilde Flüche wurden den Engländern hinaufgerufen, als sie ihnen auf Erichs Befehl ein Segel und Ruder hinunterreichten.

»Die Schurken verdienen nicht zu leben!«, rief James empört, »ich würde sie am liebsten jetzt in den Grund bohren!«

»Gott wird sie schon richten!«, erwiderte Erich ernst, und es war eine Prophezeiung, die bald genug in Erfüllung gehen sollte. Jedermann an Bord atmete erleichtert auf, als die dunklen Gestalten in der Ferne verschwunden waren und der unheimliche Ausdruck dieser Schurkenphysiognomien die Matrosen, die sie in das Boot gebracht hatten, nicht mehr ärgerte, und die *Sylphide* dann von einer günstigen Brise schnell weitergeführt wurde. Um zehn Uhr trat aber wieder die gewöhnliche Windstille und erschöpfende, schwüle Hitze ein; der junge Befehlshaber ließ das Schiff von den Spuren des nächtlichen Überfalls reinigen, dann legte er sich zu dem verwundeten Freund auf das Deck unter dem Sonnendach nieder, um einige Stunden zu ruhen. Als er um drei Uhr zu neuer Pflichterfüllung frisch und gestärkt erwachte, sah er sofort, dass die kleine Wolke, die er schon am frühen Morgen am westlichen Horizont entdeckt hatte, eine große Ausdehnung gewonnen hatte, und eins der furchtbaren, tropischen Gewitter im Anzuge war, die, wenn auch nur von kurzer Dauer, doch meistens von einem Tornado begleitet, so manchem stolzen Schiff den Untergang bereiten.

Noch herrschte bei unerträglicher Hitze tiefe Windstille, und so hatte die kleine Besatzung, die sich abwechselnd ebenfalls durch Ruhe und Schlaf gestärkt hatte, Zeit, die nötigen Vorsichtsmaßregeln zu treffen, dann untersuchte Erich, während der Quartermaster die Deckwache übernommen, von einigen Matrosen mit Laternen begleitet, nochmals gründlich die dunklen, untersten Räume des Schiffes, um zu erforschen, wo sich die portugiesischen Meuchelmörder verborgen gehalten hatten. Es wurde ihnen sehr schwer, den Schlupfwinkel zu entdecken, und erst nach langem Suchen fand Erich hinter der großen, schrecklichen Kajüte – deren am Boden befestigte eiserne Ringe und Ketten verrieten, dass hier die armen Sklaven gefangen gehalten wurden – eine kaum bemerkbare Türe, die zu einem dunklen, modrigen Loche führte, wo etwa zehn Menschen mit Mühe Platz finden konnten.

»Hier haben sich die Schurken sicher so lange verborgen gehalten, bis Mitternacht vorüber war«, rief er, »um sich dann leise in der Finsternis unbemerkt an Deck zu schleichen und uns zu überfallen. Ich wäre meuchlings im Schlafe ermordet worden, wenn mich Gottes Güte nicht gnädig beschützt und zur rechten Zeit erwachen ließ; nie können wir ihm dankbar genug sein, dass er uns den Sieg verlieh, er wird uns auch jetzt bei dem kommenden Sturme beschützen, wenn wir unsere Pflicht erfüllen!«

Schnell und mit furchtbarer Gewalt brach jetzt das Gewitter los, aber die *Sylphide* blieb unversehrt, es dauerte auch nur zwei Stunden, und während Erich im strömenden Regen unter Donner und Sturm auf der Kommandobrücke stand und mit einem Gefühl von Beklemmung nach allen Richtungen durch sein Fernrohr spähte, trat James zu ihm, der den trüben Ausdruck auf dem sonst so frischen, heiteren Antlitz des jungen Befehlshabers schon eine Weile beobachtet hatte, und sagte treuherzig: »Die Elenden haben ihr Schicksal hundertfach verdient, Herr Walder, bei des Sturmes Gewalt ist ihr kleines Boot längst umgeschlagen, Sie spähen umsonst danach, Gott hat sie vor seinen Richterstuhl gefordert!«

»Ich fürchte es auch!«, erwiderte Erich ernst, »aber ich konnte ja nicht anders handeln, wagte die Meuchelmörder keine zweite Nacht an Bord zu behalten bei unserer schwachen Besatzung, da ihre und des Schiffes Sicherheit mir anvertraut ist. Ich kenne ja die englischen Gesetze, Kapitän Ellis musste sie sofort aufhängen lassen, sobald sie in seine Gewalt kamen –

ich habe sie dem allmächtigen Gott überliefert, der die Strafe nun über sie verhängt hat!«

Drei Tage später erreichte die *Sylphide* den Hafen von Lagos, und die kleine Besatzung wurde mit jubelnden Hurras von den Kameraden auf der *Viktoria* begrüßt, die neben einer großen englischen Fregatte ankerte, auf deren Toppmast die Admiralsflagge wehte. Sehr bald meldete sich unser junger Held bei seinem Kapitän und stattete ihm Bericht über die furchtbare Mordnacht ab; wie hocherfreut war er da, als dieser ihm herzlich die Hand mit den Worten schüttelte: »Sie haben recht gehandelt, mein junger Freund, ich selbst hätte die Schurken sofort an dem obersten Mast aufhängen lassen müssen, und kein Vorwurf hätte Sie getroffen, wenn Sie Ihren erbitterten Untergebenen freie Hand gelassen und diese ihre Kugeln auf die letzten fünf Mörder abgefeuert hätten. Aber es macht Ihrem menschenfreundlichen Herzen Ehre, dass Sie ihnen ein Boot und die Freiheit gaben; war es Gottes Wille, so konnte er sie erhalten, aber er sandte in weiser Absicht den Sturm, der sie verderben musste, um die menschliche Gesellschaft für immer von den gefährlichen Verbrechern zu befreien. – Es freut mich sehr, mein lieber Walder«, fügte der Kapitän hinzu, »dass ich Ihnen heute auch eine Anerkennung höheren Orts für treue Pflichterfüllung überreichen kann, der Admiral legte gestern das Patent in meine Hände, das Sie zum Schiffsleutnant der englischen Marine ernennt.

»Und noch eine zweite gute Nachricht kann ich Ihnen zugleich mitteilen, wir segeln binnen drei Tagen nach England zurück zu einer kurzen Reparatur und werden dann wahrscheinlich zur Mittelmeerflotte kommandiert. Das gibt Ihnen Gelegenheit, das malerische Gibraltar, die herrliche Riviera, überhaupt die Küsten von Italien und Spanien kennen zu lernen, und nun richten Sie sich in Ihrer neuen Leutnantskajüte auf der *Viktoria* ein und lesen die zahlreichen Briefe, die für Sie eingetroffen sind.«

Dankerfüllt und glückstrahlend begrüßte Erich die ehemaligen Kameraden, jetzt seine Untergebenen, von denen nur Sefton gleich ihm avanciert war, dann zog er sich in die Einsamkeit seiner kleinen Kabine zurück, um die umfangreichen Briefe aus der Heimat zu lesen, die der Zahlmeister ihm eingehändigt hatte. Was sollte er da alles erfahren, das ihn mit Überraschung und Freude erfüllte. Die teure Mutter, deren Zeilen er zuerst las, teilte ihm mit, dass zwischen dem Deutschen Bund und Dänemark über den Besitz von Schleswig-Holstein ein Krieg ausgebrochen sei, und vor fünf Monaten, am 9. Mai 1864, bei Helgoland ein Seegefecht stattgefunden habe, zwischen den österreichischen Fregatten *Schwarzenberg* und *Radetzky* und den preußischen Kanonenbooten *Blitz* und *Basilisk* gegen die dänischen Kriegsschiff *Nills Juel*, *Heimdel* und *Dagmar*, und dass die Dänen, obgleich der Sieg unentschieden, sich zurückgezogen und das Schlachtfeld geräumt hätten.

Auch Schwester Helga und der alte Hamke schilderten ihm in langen Briefen das große Ereignis, das die Bewohner von Helgoland, besonders seinen schwachen Vater, in gewaltige Aufregung versetzt hatte, aber zu seiner Beruhigung erwähnte die Mutter nichts von bösen Folgen für seine Gesundheit.

»Erkennst Du nicht bei diesem Krieg, dass die feste Hand des Gesandten von Bismarck den bisher so ohnmächtigen Deutschen Bund etwas aufrüttelt, mein lieber Erich?«, schrieb ihm sein treuer Lehrer aus Goslar, »glaube mir, dieser hervorragende, starke Mann wird mit seinem König das ganze schwache Deutschland aus dem Schlaf erwecken, wie der

Märchenprinz das Dornröschen, Gott gebe, dass die Stunde nicht allzu fern ist!«

»O, wenn er recht hätte!«, dachte der junge Offizier oft auf stiller Nachtwache hoch oben auf der Kommandobrücke des englischen Kriegsschiffes, »und wenn es mir doch vergönnt wäre, einst die deutsche Seemannsuniform zu tragen!«

Vier Wochen später ankerte die *Viktoria* bei Portsmouth, und als Erich geholfen, sie ins Trockendock zu bringen, wo eine etwa dreiwöchentliche Reparatur vorgenommen werden musste, verkündete ihm Kapitän Ellis am Abend mit freundlichem Lächeln die freudige Überraschung, dass Leutnant Walder am nächsten Morgen für achtzehn Tage eine Urlaubsreise nach Helgoland antreten dürfe. »Auch für mich hat die Admiralität heute eine Überraschung gesandt,« fügte er hinzu, »ich bin zum Vizeadmiral der Mittelmeerflotte ernannt, und als solcher wähle ich Sie mir, mein lieber Walder, zu meinem zweiten Adjutanten.«

Sechstes Kapitel.

Der Kapitän des Norddeutschen Lloyd.

Als die Postschaluppe am 24. Dezember desselben Jahres in der Abenddämmerung auf Helgoland vor Anker gegangen war, entstieg ihr ein hochgewachsener, sonnverbrannter, junger Offizier, der den Schiffern befahl, seine verschiedenen, von London mitgebrachten Kisten, bei Anbruch der Dunkelheit zur Christbescherung ins Oberland zum Doktor Walder zu bringen. Nur eine derselben ließ er durch einen Gepäckträger, in seiner Begleitung, in das Haus des alten Quartermasters Hamke, am Fuße der Treppe, tragen. Der schön geputzte Laden der Besitzerin strahlte im hellen Lichterglanz, und sie war mit Hilfe einer Verkäuferin sehr beschäftigt, alle die Leute zu befriedigen, die noch in letzter Stunde Christgaben für ihre Lieben auswählten. Unbemerkt schlüpfte der Offizier mit seinem Begleiter in das ihm wohlbekannte Besuchszimmer des Hauses, in dessen Mitte ein hoher, reich verzierter Christbaum stand.

»Den hat der gute Alte für Marie angeputzt«, dachte Erich, den der Leser wohl längst in dem schmucken, gebräunten Leutnant erkannt haben wird, »jetzt holt er sie sicher vom Oberland in meinem elterlichen Haus ab, und ich kann eiligst eine kleine Überraschung für ihn anbringen.«

Von dem Gepäckträger unterstützt, öffnete er mit einem kleinen Schraubenzieher die lange, schmale Kiste und entnahm ihr sein eigenes, wohlgetroffenes Bild, das fast in Lebensgröße in der kleidsamen Leutnantsuniform aus schön vergoldetem Rahmen gar stattlich hinter dem Tannenbaum hervorblitzte.

Ja, Erich verstand es, allen seinen Lieben große freudige Überraschungen zu dieser Weihnachtsfeier zu bereiten, nachdem sein guter Kommandeur ihn selbst durch die unverhoffte Urlaubsgewährung so hoch beglückt hatte. Niemand sollte daheim von seiner Landung in England etwas erfahren, das hatte er fest beschlossen. Er reiste nach herzlichem Abschied von Vorgesetzten und Kameraden von Portsmouth nach London, und eingedenk der von seiner Mutter wiederholt ausgesprochenen Bitte, sich in dem ersten größeren Hafen, wo das möglich, doch recht bald fotografieren zu lassen, erkundigte er sich im Hotel gleich nach dem besten Atelier in der Nähe. Der Künstler musste ihm versprechen, binnen drei Tagen drei große Bilder von ihm anzufertigen, die er für seine Eltern, den alten Hamke und für seinen einstigen Lehrer in Goslar als Christgeschenke mitnehmen wollte. Seine Bestellung wurde auch ganz vorzüglich und sehr pünktlich ausgeführt, und er benutzte die Wartezeit, um die interessante Riesenstadt gründlich zu besehen und in den wunderschönen Kaufläden viele hübsche und nützliche kleine Gaben für all seine Lieben in der Heimat und für seine Kameraden auszuwählen, denn zu seinem Gehalt hatte er auch wiederum bedeutende Prisengelder, besonders für die *Sylphide* erhalten, die er nun zum Teil für andere verwendete.

Die schönste Überraschung und Freude für seine Familie und Freunde auf Helgoland war aber natürlich sein so ganz unerwarteter Besuch. Ganz leise schlich er sich in das Schweizerhaus am Felsenhang, öffnete unbemerkt das beste Zimmer, wo er, wie zur Kinderzeit, sein Mütterchen beim Anputzen des Christbaumes vermutete und hatte sich nicht getäuscht, sie wendete der Tür gerade den Rücken zu und schrie laut auf, als zwei starke Arme sie plötzlich umschlangen, und eine liebe, wohlbekannte Stimme jubelnd rief: »Da hast du deinen großen Jungen wieder, du liebe Mama, ich komme gerade zur rechten Zeit, zum lang entbehrten deutschen Weihnachtsbaum!«

»Mein Erich, mein Liebling!«, sagte sie immer wieder und küsste unter Freudentränen das tief zu ihr herabgebeugte Antlitz, das die Sonne der Tropen bis auf die weiße Stirn so arg gebräunt hatte.

»Warum hast du denn so lange nicht geschrieben, du böser Liebling? Gerade eben suchten dich meine wehmütigen Gedanken im fernen schwarzen Weltteil, und es betrübte mich, dass niemand einen Christbaum für dich schmücke.«

»Weil Weihnachten das Fest der Überraschungen ist, das hast du, liebe Mutter, uns ja stets gelehrt, als wir Kinder waren und es uns so schwer wurde, unsere kleinen für das ersparte Taschengeld gekauften Gaben geheim zu halten. Schwer genug ist's mir selbst jetzt geworden, mein Geheimnis nicht auszuplaudern, das ich übrigens erst vor sechs Tagen in Portsmouth erfuhr. Eine stille Hoffnung, dass der gütige Kapitän mich für kurze Zeit zu euch schicken würde, hatte ich wohl auf der ganzen Reise von Lagos nach England, aber es war ja keine Gewissheit, die konnte erst die Admiralität geben. Und nun sag' selbst, Mütterchen, ist es nicht hübsch, wenn wir den Baum angezündet haben und der Papa und Helga hereintretend, mich plötzlich beim strahlenden Kerzenschein erblicken?«

»Mit Helga wollen wir es so einrichten, mein Erich, aber den Papa könnte die große Überraschung für die Nacht zu sehr aufregen, ihn muss ich jedenfalls vorbereiten!«

»Ich dachte, die Freude würde ihm guttun«, sagte der junge Seemann, »geht es ihm denn nicht mehr so gut wie vor zwei Monaten, als ich deinen letzten Brief in Lagos erhielt?«

»Nein, mein Liebling, der Arzt sagt freilich, dass es nicht besorgniserregend sei, aber er leidet wieder sehr an Atemnot, da er die rauen Nordostwinde der letzten Zeit nicht vertrug und meistens im Zimmer bleiben muss. Aber nun will ich dich vor allem auf die kalte Reise mit heißem Kaffee stärken und den Papa benachrichtigen; Helga ist mit Hamkes Marie bei des Gouverneurs Töchtern und kommt erst um sechs Uhr, wenn ich, wie alle Jahre, den Baum anzünde, von den drei Freundinnen begleitet, heim. Das wird ein Jubel sein, wenn sie den großen Bruder erkennt, du bist ja ein wahrer Riese geworden, mein Erich, und die prächtige Uniform dazu verrät mir den Leutnant!«

Ja, das war ein Jubel, wie er nie zuvor im Schweizerhaus stattgefunden hatte, selbst das ernste Antlitz des Vaters sah heute glückstrahlend aus, wenn er bald seinen einzigen Sohn, bald dessen schönes, so ähnliches Bild betrachtete, während Erich seine Kisten öffnete und all die mitgebrachten Schätze verteilte, für jedes der jungen Mädchen hatte er eine hübsche Kleinigkeit, selbst die alte Köchin war nicht vergessen worden. Am meisten aber hatte er Helga beglückt, da er für sie eine reizende, kleine Taschenuhr gewählt, die ihr natürlich in der nächsten Nacht den Schlaf kostete, denn sie hielt dieselbe immer wieder ans Ohr, um sich zu überzeugen, ob sie wirklich fortticke. Aber ehe die glückliche Familie die Nachtruhe aufsuchen konnte, kam spät abends noch der alte Hamke ins Schweizerhäuschen, obgleich ihm die hohe, steile Treppe zum Oberland bei dem heftigen, kalten Winde nicht leicht wurde. Die Freude beim Anblick des Bildes von seinem geliebten, einstigen Zögling, das er unter dem Christbaume so unerwartet entdeckte, hatte ihn ganz überwältigt, und als ihm Marie dann über die unverhoffte Heimkehr des ferngeglaubten, jungen Offiziers berichtete, konnte er nicht widerstehen und unternahm, sobald die Kerzen des Christbaumes erloschen, noch zu später Stunde den mühseligen Weg ins Oberland.

Erich lief ihm jubelnd entgegen, und als er ihn mit dem Ruf: »Da bin ich wieder, Vater Hamke, und Ihnen ganz über den Kopf gewachsen,« in die starken Arme schloss, da glänzten Freudentränen in den guten, alten Augen, und er versicherte, dass dies der schönste Weihnachtsabend seines Lebens sei.

Ganz Helgoland nahm innigen Anteil an der Freude im Doktorhaus, und aller Augen waren auf den schmucken Seemann mit dem biederen, strahlenden Antlitz gerichtet, der am ersten Feiertag zwischen Mutter und Schwester aus der Kirche trat, und alle lieben Bekannten herzlich begrüßte, um dann dem Gouverneur seine Aufwartung zu machen, dem er schon in der Frühe eine sinnreiche Christgabe gesandt, die er eigenhändig verfertigt hatte. Viele Monate arbeitete er in seinen Freistunden an dem reizenden Modell der *Viktoria*, das mit seinen sechzehn kleinen, messingenen Kanonen, die er in London dazu kaufte, genau das schöne Kriegsschiff darstellte, auf dem er vor vier Jahren durch des Gouverneurs Vermittlung angestellt und so glücklich wurde.

»Willkommen, mein lieber Leutnant«, rief ihm der gütige Freund seines Vaters entgegen, »herzlich willkommen, ich bin sehr erfreut, über die Berichte, die mir mein Jugendfreund Ellis stets über dich gesandt hat, ebenso über deine hübsche, geschickte Arbeit dort, das prächtige, kleine Schiff. Du hast uns allen eine liebe Überraschung durch deinen unerwarteten Besuch gemacht, ich bedaure nur, dass meine beiden Söhne dich nicht sehen können, sie stehen noch immer bei ihrem Regiment in Indien; dein Vater wird gewiss gesund vor Freude über seinen tapferen Sohn und angehenden Admiral einer Fregatte Ihrer Majestät der Königin!«

»Das werde ich niemals, Exzellenz«, erwiderte Erich errötend, und ein leichter Schatten flog über sein frisches, glückliches Antlitz bei dem Gedanken, dass der Gouverneur und vielleicht auch sein Vater über seine geheimen Zukunftspläne sehr verstimmt sein würden. Als aber die Mutter ihm einige Tage später vollkommen beigestimmt, teilte er, von ihr ermutigt, auch dem Papa mit, dass es sein höchster Wunsch sei, früher oder später den englischen Dienst zu verlassen und sich um eine Anstellung beim »Norddeutschen Lloyd« zu bewerben. Da war denn seine Freude sehr groß, als er auf gar keinen Widerstand stieß, und der Vater völlig damit einverstanden war; er verhehlte ihm freilich nicht, dass er eine glänzendere Laufbahn in der englischen Kriegsmarine damit verscherze, freute sich aber offenbar sehr darüber, dass die deutsche Vaterlandsliebe seinem Sohne über Ruhm und Ehre ging. Auf Erichs ausgesprochene Besorgnis, dass es ihm schwer werden würde, bei dem großen Andrang zu den Lloydoffiziersstellen berücksichtigt zu werden, erzählte ihm der

Papa, dass er den Direktor des »Lloyd«, Herrn Crüsemann, im vergangenen Sommer flüchtig in einer Gesellschaft beim Gouverneur kennen gelernt habe und demselben baldigst schreiben und anfragen wolle, ob Aussicht für Erich sei, wenn sein Name jetzt auf die Liste käme, in nicht gar zu ferner Zeit als vierter Offizier eintreten zu können.

»Wenn es dir recht ist, lieber Papa«, erwiderte Erich, »versuche ich mein Glück jetzt gleich persönlich, ich bin nun alt genug, um selber zu handeln, und muss mich nicht mehr wie vor vier Jahren auf die Fürsprache anderer verlassen. Ich habe den Plan, am Donnerstag nächster Woche nicht über Hamburg nach London zu reisen, sondern mit dem Lloydpostdampfer am Sonnabend von Bremerhaven nach Southampton, von dort bin ich in einer Stunde mit der Bahn in Portsmouth und kann am Dienstag, wenn mein Urlaub abgelaufen ist, daselbst eintreffen. Am Freitag möchte ich dann versuchen, Direktor Crüsemann selbst zu sprechen und ihn über meine Aussichten für die Zukunft zu befragen.«

Doktor Walder billigte diese Idee sehr, und der treue Vater Hamke ließ es sich nicht nehmen, den jungen Offizier, den er als sechzehnjährigen Knaben nach Hamburg geleitete, dieses Mal in seiner Schaluppe nach Bremen zu bringen. Auch der brave, alte Helgoländer hatte ein echtes deutsches Herz; es freute ihn, dass der junge Mann, den er ebenso sehr liebte wie seine Pflegetochter Marie, deutsch sein und bleiben und dem teuren Vaterland seine Kräfte widmen wollte. Der Abschied wurde allen Beteiligten dieses Mal nicht so schwer wie vor vier Jahren, da diese Reise ja nicht in so weite Ferne, nur bis zum Mittelländischen Meere ging, und die Eltern hofften sehr, dass

Erichs Vorsatz, nur noch ein Jahr in englischen Diensten zu bleiben, durchgeführt werden könne.

Am Freitag früh traf der junge Offizier mit seinem alten Freund in der berühmten, alten Hansastadt Bremen ein; letzterer besah die prächtige Ansgariikirche, während Erich in das danebenliegende, großartige Direktionsgebäude des »Norddeutschen Lloyd« ging, um sich ein Billett für den am anderen Morgen von Bremerhaven nach Southampton und New York abfahrenden Dampfer zu lösen. Er übergab einem Diener seine Karte mit dem Ersuchen, den Direktor zu fragen, ob er ihn wohl einige Augenblicke sprechen könne, und stand bald darauf mit klopfendem Herzen dem Mann gegenüber, in dessen Händen die Erfüllung seiner Zukunftspläne lag. Die gewinnende Erscheinung des jungen Offiziers machte offenbar einen sehr angenehmen Eindruck auf Direktor Crüsemann, er bot ihm einen Sessel an und fragte freundlich, nicht im gewöhnlichen, kurzen Geschäftstone, nach seinen Wünschen.

»Ich komme mit der Frage zu Ihnen, Herr Direktor, ob es möglich ist, mich als vierten Offizier beim ›Norddeutschen Lloyd‹ anzustellen?«, sagte Erich freimütig. Der Direktor blickte auf die Visitenkarte in seiner Hand, »wie kommen Sie zu diesem Wunsch, junger Mann?«, fragte er überrascht, »Sie sind der zweite Adjutant des Vizeadmirals Ellis, eines so hervorragenden, englischen Seemannes, mit dem ich zufällig vor sechs Jahren in England bekannt wurde. Das ist in Ihrem Alter eine Auszeichnung; warum wollen Sie denn eine vielleicht glänzende Karriere verlassen und die weit untergeordnete Stellung eines vierten Offiziers der deutschen Handelsmarine übernehmen?«

»Weil ich ein Deutscher bin, Herr Direktor, in den grünen Harzbergen geboren, und mein Vaterland über alles liebe. Wohl verehre ich Admiral Ellis wie meinen zweiten Vater, und die Trennung von ihm wird mir, wenn Sie meine Wünsche erfüllen können, unendlich schwer werden«, fügte er, mit zitternd erregter Stimme bei dem Gedanken daran, hinzu, »aber ich habe höhere Pflichten für mein Heimatland und meine Familie zu erfüllen. Mein Vater, Doktor Walder auf Helgoland, ist sehr herzleidend, auch meine arme Mutter schwächlich, sie beide, wie meine junge Schwester, bedürfen meiner Stütze, meines starken Armes; ich weiß, dass es ihnen allen ein Trost sein würde, wenn ich nicht immer für lange Jahre in so weiter Ferne in englischen Diensten bin.«

»Sie sind ein braver Sohn«, rief der wohlwollende Direktor und reichte ihm herzlich die Hand, »vorigen Sommer habe ich Ihren kranken Vater kennen gelernt, und stände es in meiner Macht, so würde ich Sie mit Freuden im Dienste des ›Norddeutschen Lloyd‹ willkommen heißen, aber für jetzt kann es leider nicht sein, denn alle Stellen sind besetzt. Das aber verspreche ich Ihnen, Herr Walder, Sie sollen nicht vergessen werden; wir werden in diesem Jahr mehrere große transatlantische Dampfer bestellen, hoffentlich sehr bald eine zweite amerikanische Postlinie nach Baltimore eröffnen, dann will ich Ihren Wunsch erfüllen. Sehen Sie diese Liste«, fügte er hinzu, ein Blatt Papier von seinem Arbeitstisch nehmend, »hier stehen neunundvierzig Offiziersaspiranten verzeichnet, die auf eine Anstellung hoffen, ich setze sofort Ihren Namen an die Spitze. Sie sollen der erste sein, den ich in etwa fünfzehn Monaten berücksichtigen werde, wenn Ihre Wünsche dann wirklich noch dieselben sind. Ich glaube aber, dass Ihr heutiger Besuch eine Übereilung infolge des Wiedersehens ihrer Eltern ist.«

»Gewiss nicht, Herr Direktor!«, versicherte Erich aufstehend, »es sind jetzt vierzehn Tage her, als Admiral Ellis mich in Portsmouth mit der Erlaubnis, nach Helgoland reisen zu dürfen, hoch beglückte und gleichzeitig zu seinem Adjutanten ernannte. An jenem Tag schon wollte ich ihm meinen Wunsch, in deutsche Seedienste zu treten, der mich seit meinem zwölften Jahre beseelt, mitteilen, aber der kommandierende Admiral trat gerade herein, und ich wurde entlassen, auch wusste ich ja noch nicht, ob Sie mich jemals anstellen würden.«

»Ich gebe Ihnen dieses Versprechen mit freudigem Vertrauen, Herr Leutnant, melden Sie sich in etwa einem Jahre wieder brieflich bei mir.«

Erich empfahl sich hochbeglückt, um seinem draußen harrenden, alten Freund die gute Botschaft für seine Eltern zu verkünden, und am nächsten Morgen führte er ihn, als Passagier des Dampfers *Amerika*, in den großen, luftigen Kajüten umher und winkte ihm die letzten Abschiedsgrüße zu, als das stolze Schiff einige Stunden später, unter den Klängen eines fröhlichen Marsches von der vortrefflichen Schiffskapelle, die Reise über den Ozean antrat.

Direktor Crüsemann hielt Wort, fünfzehn Monate später nahm der junge Adjutant Abschied von seinem geliebten Admiral und den Kameraden, nachdem er eine sehr glückliche Zeit im Mittelmeer verlebt, mit seinem Gebieter die zaubervolle Riviera und viele Häfen des herrlichen Italiens und

Spaniens besucht hatte. Die Liebe, die der Admiral seit Jahren für den biederen, jungen Deutschen hegte, wurde durch die Hochachtung für dessen Patriotismus und Sohnesliebe nur noch vermehrt, als Erich ihm freimütig, bald nach der Rückkehr von seinem Besuch beim Direktor des »Norddeutschen Lloyd« und den Beweggründen, die ihn hingeführt, erzählt hatte. Es tat ihm fünfzehn Monate später, als die Abschiedsstunde kam, ebenso leid, sich von ihm zu trennen wie dem zum obersten Kadetten avancierten Milford, der sich gar nicht darein finden konnte, dass er nun ohne seinen Freund und Lebensretter weiterleben müsse, und in der ersten schmerzlichen Überraschung auf den tollen Einfall kam, sich ebenfalls bei der Direktion des »Norddeutschen Lloyd« um eine Anstellung bewerben zu wollen, was ihm Erich aber als aussichtslos darstellte und ihn daran hinderte.

* * *

Acht Jahre waren seitdem vergangen, acht große, halb Europa erschütternde Jahre, was der patriotische Lehrer in der alten Reichsstadt Goslar seinem Schüler so lange schon prophezeit, was zum höchsten Herzenswunsch des feurigen, jungen Seemannes geworden, ihn auf fernen Meeren, bei einsamer Nachtwache, so oft beschäftigt hatte, das war in Erfüllung gegangen. Der von seinem König zum Fürsten ernannte, größte Mann unserer Zeit – der eiserne Reichskanzler von Bismarck – der Mann von Blut und Eisen – wie seine Feinde ihn nannten – war zum Baumeister des neuen Kaiserreiches geworden. Zu Anfang des 19. Jahrhunderts hatte der französische Tyrann, Napoleon I., der idealsten Frau, der edlen, von ihrem Volk vergötterten Königin Luise das Herz gebrochen, und ihrem hochherzigen Sohn, König Wilhelm, war es um die zweite Hälfte des Jahrhunderts vorbehalten, mit seinen Ratgebern Bismarck und dem Schlachtenlenker Moltke das Deutsche Reich wieder aufzurichten. Auch der zweite Kaiser Napoleon zwang das deutsche Volk in frevelhaftem Übermut zum blutigen Krieg und bereitete sich selbst dadurch den Untergang – aus den Trümmern des französischen Reiches ging der wiedererrichtete deutsche Kaiserthron hervor. – Wohl nie zuvor hat Berlin, die Reichshauptstadt, hat ganz Deutschland solchen Jubel erlebt, als damals, wie Königin Luises Heldensohn von allen Fürsten einstimmig zum Oberhaupte gewählt, als Kaiser Wilhelm I. an der Spitze der siegreichen Heere aus Frankreich heimkehrte und, mit fester Hand, vom großen Reichskanzler unterstützt, die Zügel des bald immer mächtiger werdenden Deutschen Reiches ergriff.

Der schönste Traum seiner Jugendjahre war zur Wirklichkeit geworden, daran dachte mit dankerfülltem Herzen der junge Kapitän eines großen Lloyddampfers auf hoher See, als er sein stolzes Schiff nach Amerika führen wollte. Wohl flog mitunter ein trüber Schatten über seine treuherzigen, männlichen Züge, wenn sein Blick auf den schwarzen Kreppstreifen an seiner Uniform fiel, es war ja erst so kurze Zeit vergangen, seit die Trauerbotschaft ihn in New York erreichte, dass Gott seinen teuren Vater heimgerufen, dass ein Herzschlag ihn plötzlich von langjährigen Leiden befreit hatte. Aber es war ihm noch vergönnt gewesen, die ganze, große Zeit zu durchleben, die Wiedererstehung des Kaiserreichs beglückte sein patriotisches Herz unendlich, und dazu freute er sich so innig darüber, dass sein Erich sich alle diese Jahre hindurch im Dienste des »Norddeutschen Lloyd« so befriedigt fühlte. Der Direktor hatte ihm persönlich wiederholt bei seinen kurzen Besuchen auf Helgoland Glück gewünscht zu seinem braven, tüchtigen Sohn, der binnen weniger Jahre die drei untersten Rangstufen überstanden und nun schon lange als erster Offizier auf verschiedenen großen, transatlantischen Dampfern gefahren war.

Nun war es bald ein Jahr, da wurde im Schweizerhaus auf Helgoland ein Doppelfest gefeiert – die Verlobung Erichs mit Marie, der Pflegetochter seines alten Freundes Hamke, und Helgas mit dem Sohn des Predigers auf der Insel, der, nachdem er Theologie studiert, sich entschlossen hatte, als Missionar nach Afrika zu gehen, um die armen Heiden die christliche Religion der Liebe zu lehren. Am Abend dieses schönen Festes traf ein Brief der Lloyddirektion ein, der das allgemeine Glück noch vermehrte, durch die überraschende Nachricht, dass der Verwaltungsrat in seiner letzten Sitzung einstimmig den ersten Offizier, Herrn Erich Walder, trotzdem er das vorgeschriebene dreißigste Jahr noch nicht ganz erreicht, zum Kapitän des Lloyddampfers *Weser* ernannt habe. Das war eine ganz unverhoffte Freude, und als alle den jungen Kapitän beglückwünschten, rief er fröhlich: »Hätte ich doch nicht heute früh, als Vater Hamke uns seinen Segen gab, ihm versprochen, noch einige Jahre zu warten und dich den Pflegeeltern noch ein wenig zu lassen, meine Marie, denn nun möchte ich am liebsten, dass wir gleich morgen unsere Hochzeit feiern könnten, und dann um Erlaubnis bitten, dich auf meiner ersten Reise als Kapitän mitnehmen zu dürfen.«

»Die würde der Verwaltungsrat dir schwerlich geben, mein

Sohn«, sagte Doktor Walder, »erst musst du dir deine Lorbeeren als junger Schiffskommandant verdienen, außerdem ist die Brautzeit für ein junges Mädchen die schönste ihres Lebens, gönne sie Marie nur einige Jahre, und wenn dann unser Missionar die Gattin nach dem schwarzen Weltteil holt, wo du deine ersten Heldentaten verrichten durftest, dann feiern wir, so Gott will, eure frohe Doppelhochzeit.«

Wie lebhaft erinnerte sich der junge Kapitän auf dem Atlantischen Ozean seines Vaters, und nun ruhte er schon seit Wochen unter dem grünen Hügel des Friedhofes neben der Kirche von Helgoland, den Marie und Helga, wie sie ihm geschrieben, stets mit frischen Blumen schmückten und auf Erichs Anordnung mit einem prächtigen Marmorkreuz versehen hatten.

»Wie wird die arme Mutter diesen schweren Schlag ertragen!«, so dachte der junge Kapitän auf fernem Meer, das seit einer Stunde durch heftigen Wind wild bewegt wurde. »Wenn nicht alle Anzeichen trügen, bekommen wir heute Nacht einen schweren Sturm,« sagte er zu seinem ersten Offizier, »Gott bewahre uns vor Unglück mit den 500 Passagieren, wir müssen auf unserer Hut sein, es ist ein Glück, dass wir eine so starke Maschine und tüchtige Ingenieure und Zimmerleute an Bord haben.«

Seine Befürchtung ging bald genug in Erfüllung, es brach ein so furchtbares Unwetter los, wie er es noch nie auf einem Lloyddampfer erlebt hatte, mit der ganzen Energie seines Charakters kämpfte er mit Hilfe seiner Leute gegen den Orkan und die turmhohen Wogen, und verließ die Kommandobrücke nur dann und wann auf fünf Minuten, um den angsterfüllten

Passagieren Mut zuzusprechen. »Fürchten Sie nichts, meine Herrschaften, legen Sie sich ruhig nieder«, redete er ihnen zu, »wir haben ein festes Schiff, und die Maschine besitzt die Kraft von zweitausend Pferden, wenn der Mond um zwölf Uhr aufgeht, wird sich der Sturm, so Gott will, legen, und wir kommen glücklich hindurch.«

Seine große Ruhe, die Güte und Menschenfreundlichkeit des starken Seemannes, der für alle seine Schutzbefohlenen, auch für die armen Auswanderer im Zwischendeck, stets eine warme Fürsorge, ein freundliches Wort hatte, flößte sowohl den Passagieren wie den Untergebenen eine große Verehrung, ein unbegrenztes Vertrauen zu dem jungen Kapitän ein. Sie wussten, dass er die ganze Nacht für sie auf der Kommandobrücke wachte und alles für ihre Sicherheit geschehe, was in menschlicher Macht stand, und suchten beruhigter ihre Kabinen auf. Die ganze Nacht hindurch heulte der Sturm, und donnernd schlugen die Wogen über das Schiff und rissen das ganze Navigationszimmer mit Karten und Instrumenten mit sich über Bord. Wohl floh der Schlaf jedes Auge, manch angstvolles Gebet aus schwachen Frauenherzen stieg empor zu dem allmächtigen Lenker dort oben, der Sturm und Wogen in seiner Hand hat, aber all die 500 Menschen hielten die Nacht über ruhig unten aus, wie der Kapitän es gewünscht, sie wussten ja, dass von Gott und ihm und seiner Umsicht ihre Rettung abhing.

Da plötzlich, gegen Morgen, erschütterte ein furchtbarer Stoß, ein Krach das ganze Schiff, es schien einen Moment ganz still zu liegen, dann wurde es von den Wogen bald rechts, bald links geworfen, und mit furchtbarem Angstgeschrei stürzten gleich darauf Männer und Frauen aus der zweiten Kajüte, zum Teil in Nachtkleidern, die Treppe hinauf mit den Rufen: »Wasser im Schiff, Hilfe, Rettung!«

Kapitän Walder war bei der heftigen Erschütterung des Schiffes sofort mit den Ingenieuren in den Maschinenraum hinuntergeeilt, und bald entdeckten sie, dass der linke Schraubenflügel, der die Fortbewegung des Dampfers bewirkt, gebrochen und dadurch ein Leck im Schiffskiel entstanden war, durch das das Wasser mit solcher Schnelligkeit eindrang, dass es schon alle beweglichen Sachen in der zweiten Kajüte umhertrieb.

»Wenn Gott nicht ein Wunder tut, sind wir verloren«, flüsterte Erich dem ersten Offizier ins Ohr, denn niemand durfte oben die Schreckensbotschaft erfahren, sonst wäre das Entsetzen und die Verwirrung aufs äußerste gesteigert worden. »Wir müssen sofort mit eisernen und eichenen Planken den Teil des Schiffes, wo das Leck ist, absperren,« befahl er den Ingenieuren und Zimmerleuten, »rufen Sie die ganze Besatzung zu Hilfe, nur die Deckwache bleibt oben, dann gilt es vor allem, die Menschen von dieser Seite fort auf das Vorderteil des Schiffes zu bringen, ich werde das sogleich mit dem vierten Offizier besorgen.«

Mit dem stillen Gebete: »Hilf Du vor allem, allmächtiger Gott!«, lief er an Deck, und mit größter Ruhe und Geistesgegenwart bat er die dort in der Dämmerung des anbrechenden Tages jammernd umherlaufenden Passagiere, um ihrer eigenen Sicherheit willen, ruhig zu sein und sämtlich in die Säle und Gänge der ersten Klasse zu gehen. Die Macht seiner vertrauenerweckenden Persönlichkeit tat auch diesmal

Wunder: Die meisten folgten seinen Anordnungen, und ein amerikanischer General, ein hervorragender Prediger, sowie ein deutscher Arzt, mit denen er leise gesprochen, unterstützten ihn nach Kräften. Sie versammelten besonders die jammernden Frauen und Kinder um sich in den großen Speise- und Lesesälen erster Klasse, sprachen ihnen ermutigend zu und lasen ihnen abwechselnd Gebete vor.

Der Kapitän war bald unten im Raum, um die Mannschaften zu angestrengter Arbeit und Eile anzufeuern und umsichtige Anordnungen zu treffen, dann erschien er wieder für wenige Minuten im großen Salon und sagte ernst zu den ihn angstvoll umringenden Frauen: »Flehen Sie zu Gott, dass der Sturm sich legt, dann kann noch alles gut werden!« Als er die Treppe hinaufstieg, hörte er furchtbares Geschrei und Umherlaufen auf Deck, und der wachhabende vierte Offizier stürzte ihm mit der Meldung entgegen, dass ein junger Herr, Passagier der zweiten Kajüte, der seit mehreren Stunden große Aufregung gezeigt, wahrscheinlich in einem Anfall von Geistesverwirrung über Bord gesprungen sei. Ein schmerzlicher Ausdruck flog über des Kapitäns ernstes Antlitz, als er zu einer Gruppe von erregten Menschen am Bug des Schiffes tretend, vergeblich nach dem Unglücklichen spähte, in der Hoffnung, dass er vielleicht noch durch Zuwerfen von Tauen gerettet werden könne, denn es war ja unmöglich, bei den turmhohen Wogen ein Boot herunter zu lassen, um nach ihm zu suchen. Aber nirgends war eine Spur von ihm zu entdecken, erbarmungslos hatte die brüllende See ihr Opfer verschlungen.

»Er hat es kurz gemacht und schnell die Qual überstanden«, hörte Erich einige Schritte entfernt einen furchtbar aufgeregten

Herrn sagen, »ich werde seinem Beispiel folgen und weiß einen noch besseren Weg, dieser langen Todesqual zu entgehen, mein Kamerad liegt unten in der Kabine sinnlos betrunken und schläft jetzt, er wird aber doch zur schrecklichen Wirklichkeit erwachen, ich wähle die sichere Kugel!«

In diesem Augenblick entriss ihm der Kapitän mit Blitzesschnelligkeit den Revolver, den er bei diesen Worten aus der Tasche gezogen hatte, fasste ihn unter den Arm und sagte mit ruhiger Entschiedenheit: »Sie sind krank, mein Herr, es ist meine Pflicht, Sie der Fürsorge des Arztes zu übergeben.« Als das geschehen, befahl er dem Obersteward, sämtliche geistige Getränke streng zu überwachen, niemand mehr als eine Flasche Wein zu verabfolgen, dann lief er wieder zu den 150 Arbeitern, die mit großem Erfolg unten im Schiffsraum den linken Teil des Schiffes von dem anderen wasserdicht abschlossen.

Und Gott erhörte die heißen Gebete der Schiffbrüchigen, der Sturm legte sich plötzlich gegen Abend, und der Kapitän ließ mehrere Fässer Öl auf die empörten Wogen gießen, die sich allmählich glätteten; dann wurde auf seinen Befehl ein großes Feuer von Teer und Öl auf Deck angezündet, und mit seinem ruhigen, freundlichen Antlitz trat er mit den Worten in den großen Salon: »Meine Herren und Damen, die Gefahr ist vorüber, das Wasser ist abgesperrt, beunruhigen Sie sich nicht mehr und suchen Sie nach der großen Aufregung den Schlaf in Ihren Kabinen. Mit Gottes Beistand wird uns irgend ein anderer Dampfer zu Hilfe kommen, wenn seine Besatzung unser Notsignal sieht, und uns ins Schlepptau nehmen, denn unsere Schraube ist gebrochen, mit eigener Dampfkraft können wir keinen Hafen erreichen.«

Seine unerschütterliche Ruhe flößte den erregten und zugleich erschöpften Passagieren wiederum so viel Vertrauen ein, dass sie sich angekleidet auf ihr Lager legten, mit der Überzeugung, dass ihr sicherer Führer die Wahrheit gesprochen. Sein Gottvertrauen hatte ihn nicht getäuscht, denn gegen drei Uhr morgens beleuchtete das immerwährend brennend erhaltene Notsignal einen herannahenden, großen, amerikanischen Dampfer, den der Kapitän mit einem innigen »Gott sei Dank!« entdeckte. Bei Tagesanbruch ließ er ein langes Drahtseil in das größte Rettungsboot bringen, es wurde aufs Wasser gelassen, mit tüchtigen Matrosen bemannt, und der erste Offizier fuhr damit, nicht ohne Gefahr, auf der noch immer wild bewegten See, zu dem in vorsichtiger Entfernung liegenden Amerikaner, der den verunglückten Lloyddampfer binnen sechs Tagen nach Irland schleppte. Wohl verlangte er eine ungeheure Summe für diesen Dienst – fast eine Million –, aber sie wurde ihm bereitwillig von der Lloyddirektion ausgezahlt, denn mehr als 600 Menschenleben waren ja dadurch gerettet, und dazu das kostbare Schiff. Als dasselbe langsam im Hafen von Queenstown einlief, prangte eine dort vor Anker liegende englische Kriegsfregatte im Flaggenschmuck. Die Besatzung war in Parade aufgestellt, und die Musikkapelle spielte zu Ehren der schiffbrüchigen Deutschen »die Wacht am Rhein«. Der Admiral kam sofort an Bord und bot Kapitän Walder, der ihm von seiner englischen Dienstzeit her wohl bekannt war, sein Haus als Wohnstätte und das englische Admiralitätsdock zur Reparatur des Dampfers an. Die geretteten Passagiere aber ließen dem braven, allverehrten Kapitän durch den amerikanischen General eine

Dankadresse überreichen, worin sie ihm den innigsten Dank für seine Umsicht, Geistesgegenwart und Fürsorge aussprachen, ebenso der ganzen Besatzung für die musterhafte Haltung und Ausdauer bei angestrengter Arbeit in furchtbarer Lebensgefahr. Auch seine Vorgesetzten drückten ihm ihre vollste Zufriedenheit über seine Anordnungen bei dem schweren Unglück aus, und das war sein Trost, als er nun monatelang in der Fremde die große Reparatur des Dampfers überwachen musste.

Ein Jahr später machte er die Hochzeitsreise mit seiner geliebten Marie nach Goslar, um dem treuen Lehrer seiner Kindheit die Gattin vorzustellen und mit ihm die alte, herrliche Kaiserworth zu bewundern, die bald nach der Wiedererstehung des Kaiserreiches restauriert, in ihrem alten Glanz hergestellt und mit reichen Freskomalereien aus der Geschichte Deutschlands von der Hand des berühmten Künstlers Professor Wislicenus geschmückt wurde. Darauf reiste das glückliche, junge Paar nach Berlin, nur um im Opernhaus, oder mittags an dem bekannten Eckfenster des Kaiser Wilhelm-Palais, »unter den Linden«, die ehrwürdige Gestalt des geliebten, alten Heldenkaisers zu sehen. Wenn dann die Wache vorüberzog, der Vorhang gelüftet und das greise Haupt freundlich grüßend sichtbar wurde, dann stimmte der Kapitän im lauten Kommandotone das donnernde Hurra an, in das Hunderte von Menschen aller Stände einstimmten, die vornehmsten Damen und die geringsten Arbeiter, wie die Schulkinder mit der Büchertasche, die jeden Mittag am Denkmal des großen Friedrich, trotz Sonnenbrand, oder Sturm und Regen, geduldig auf diesen Augenblick warteten.

Von Berlin reiste das junge Paar für mehrere Monate nach Schottland, in Greenoek sollte der Kapitän den Bau eines großen, prächtigen Dampfers beaufsichtigen, dessen Kommando ihm bestimmt war, eine schöne Zeit, in der ihn der Dienst nur einen Teil des Tages von seiner jungen Gattin fernhielt, und sie so viel beisammen sein durften. Wie oft dachte die junge Frau später an diese glücklichen Monate zurück, wenn sie ihn nur selten für wenige Tage in dem hübschen Heim bewirten konnte, das die Pflegeeltern für das junge Paar in Bremerhaven eingerichtet hatten. Es war ja so herrlich, im eigenen Haus für den Gatten zu wirtschaften, aber wenn er fort war, wurde es ihr doch viel zu einsam dort, und sie reiste am selben Tage, wenn sein Schiff in See ging, mit der Post nach Cuxhaven, und dort holte sie Vater Hamke meistens selbst in seiner Schaluppe ab, wenn die Gicht, die ihn jetzt im Alter häufig plagte, es nur irgend gestattete. Herz und Pflicht fesselten die junge Frau stets an die liebe Felseninsel, wo sie den teuren Pflegeeltern und Erichs kränklicher, einsamer Mutter die letzten Lebensjahre verschönte, denn Helga war nun auch dem Gatten für lange Jahre in den fernen, schwarzen Weltteil gefolgt.

»Dieses Mal darfst du nicht in den Dezemberstürmen die Schaluppenfahrt machen, meine Marie«, hatte ihr Erich geschrieben, »es trifft sich so glücklich, dass wir, so Gott will, wenige Tage vor Weihnachten in Bremerhaven eintreffen; da mein Schiff für längere Zeit ins Trockendock zur Reparatur kommt, hoffe ich, ein bis zwei Wochen Urlaub zu bekommen, und überrasche die Mama, wie einst als englischer Leutnant, zum Christabend. Solange uns Gott die lieben Alten lässt, ist es unsere Pflicht, wenn möglich – und ich gerade an Land bin – mit ihnen auf Helgoland das Christfest zu feiern; im Januar fahren wir dann mit Vater Hamkes Schaluppe nach Bremerhaven, nehmen ihn mit und pflegen und zerstreuen ihn nach Kräften in unserm hübschen Häuschen. Er muss durchaus den neuen, stolzen Dampfer bewundern, den ich jetzt kommandiere; wie gerne zeigte ich ihn auch meiner teuren Mama, aber sie fürchtet sich ja ebenso sehr vor der bösen Seekrankheit wie Mutter Hamke und schrieb mir auch neulich, zu meinem Kummer, dass sie das liebe Vaterland wohl nie wiedersehen würde und ihre Kräfte immer mehr schwinden fühle.«

Dass dieses Weihnachtsfest das glücklichste, befriedigendste seines ganzen Lebens werden sollte, das ahnte Kapitän Walder nicht, als er diese Zeilen in New York schrieb. Acht Tage später stand er auf der Kommandobrücke, auf hohem Ozean – nicht weit von dem Schauplatz, wo einige Jahre früher, nur durch Gottes gnädige Führung, sein Schiff mit 500 Passagieren und Besatzung nach dem Schraubenbruch gerettet wurde. Es wehte, wie damals, wenn auch kein Orkan, doch ein tüchtiger Sturm, und die See ging hoch, als er um drei Uhr plötzlich abseits von seinem Kurs in Nordwest eine aufsteigende Rauchsäule entdeckte. »Ich glaube, es ist Nebel, Herr Kapitän!«, sagte der herbeigerufene erste Offizier – »oder irgend ein Dampfer«, fügte er nach längerer Beobachtung hinzu.

»Kein Dampfer schlägt jenen Kurs ein, wenn ihn nicht die Not dazu zwingt«, erwiderte Erich und ließ sich sein schärfstes Fernrohr aus dem Navigationszimmer bringen, und sowie er eine Weile durch dasselbe geblickt, gab er durch das

Sprachrohr Befehl, mit voller Dampfkraft eiligst nach jener Richtung zu fahren. »Meine scharfen Augen trügen mich nicht, dort ist ein Schiff in Not«, sagte er, »wir müssen so schnell wie möglich Hilfe bringen,« und binnen wenigen Minuten war der riesige Dampfer gedreht und steuerte nach Nordosten, wo die Rauchsäule, ohne sich fortzubewegen, immer stärker emporstieg. Schon nach einer Viertelstunde wurden die Umrisse eines großen Schiffes sichtbar, das die Notflagge aufgehisst, von Zeit zu Zeit hörte man auch Schüsse, und als der Lloyddampfer, mit Aufbietung der ganzen Maschinenkraft, näher kam – da hörte man deutlich die furchtbarsten Angst- und Hilferufe, und die Seeleute erkannten mit Entsetzen, dass der englische Dampfer in Brand geraten war, denn dichte Rauchwolken entströmten allen Luken und Fenstern.

Als er nahe genug gekommen, um, ohne Gefahr für das eigene Schiff, das Rettungswerk zu beginnen, ließ Kapitän Walder die Maschinen stoppen. »Alle Mann an Deck, alle Boote schnell herablassen!«, kommandierte er mit Donnerstimme, alle Körbe, Rettungsgürtel und Seile, die an Bord waren, wurden hineingepackt und mit den kräftigsten Ruderern bemannt. Wie gerne hätte er selbst das erste, größte Rettungsboot bestiegen, aber das verbot ihm die Pflicht – ein Kapitän darf nie auf See sein Schiff verlassen – erst wenn es völlig verloren, dem Untergange nahe, darf er als der letzte von der Besatzung dem sinkenden Wrack entfliehen, um das nackte Leben zu retten. So leitete er denn, vom Deck aus, mit seiner gewöhnlichen Umsicht und Ruhe das kühne, schwierige Wagnis, – denn das war es bei der hohen See und dem starken Schneesturm. Mit Herzklopfen beobachtete er die zehn Boote und freute sich über seine tüchtigen Seeleute, wie sie mit Riesenkraft ruderten und gegen die hohen Wogen ankämpften und dann die vor Kälte und Nässe erstarrten, so lange Stunden mit der Todesangst ringenden Menschen herunterholten von dem brennenden Schiff und mit festem Arm im rettenden, schwankenden Boot bargen.

»Lass sie glücklich zurückkehren, allmächtiger Gott!«, flehte Erich und rannte die Treppe hinunter, um den Stewards und Köchen Anweisung zu geben, wo die Geretteten untergebracht werden sollten, die Betten für sie zu wärmen und heiße, stärkende Getränke in Bereitschaft zu halten.

Nach fünf Minuten war er wieder oben, und bald kam das erste Boot glücklich zurück, mit seiner Riesenkraft zog er die Körbe mit den halbohnmächtigen Frauen empor, und als eine todesbleiche Mutter mit zwei kleinen Kindern ihm zu Füßen sank und mit heißen Dankestränen des Retters Knie umklammern wollte, da nahm er gerührt die beiden Kleinen auf seine starken Arme und trug sie mit den Worten: »Danken wir Gott, dass er uns zur rechten Zeit gesandt!«, hinunter ins warme Bett. Bald war er wieder oben, um ein zweites Boot mit Unglücklichen in Empfang zu nehmen, er wusste, dass die schreckliche Endkatastrophe nahe und noch so viele Menschenleben gerettet werden mussten.

Und es gelang das schöne, herrliche Werk der Nächstenliebe – der unglückliche Kapitän betrat als der letzte der englischen Besatzung das Deck des Lloyddampfers, und als er tief erschüttert Erich um den Hals fiel, mit den Worten: »Gott lohne es Ihnen, wenn Sie eine Viertelstunde später gekommen wären, müssten 147 Menschen verbrennen oder ertrinken!« Da erscholl ein donnerähnliches Getöse, die Flammen sprengten mit furchtbarer Explosion das Deck des brennenden Dampfers. Eine hohe Feuersäule stieg empor zu dem jetzt ganz dunklen Nachthimmel, ein schaurigschönes Schauspiel, und Kapitän Walder sprang auf seine Kommandobrücke und gab Befehl, eiligst weiter zu dampfen, um das Schiff vor dem Feuerregen in Sicherheit zu bringen.

Als dann all die Unglücklichen, gehegt und gepflegt, ausruhten von allem Jammer und Gott und ihren Rettern aus vollem Herzen dankten, da trat Kapitän Walder mit einem Teller, auf den er selbst den ersten, bedeutenden Beitrag legte, zur Abendtafel in den großen Salon erster Klasse und veranstaltete eine Sammlung unter seinen Passagieren. Er erzählte ihnen, dass die Matrosen, Feuerleute und Auswanderer auf dem verbrannten Dampfer all ihr Hab und Gut verloren, und bald war sein Teller mit reichen Gaben gefüllt; er hatte die Freude, am anderen Morgen beinahe zweitausend Mark, nebst viel Wäsche und bereitwilligst geschenkten Kleidungsstücken unter die Unglücklichen verteilen zu können.

Als dann nach vier Tagen Southampton erreicht war, wo die Geretteten das gastliche Schiff verließen, da gab es eine, für alle Augenzeugen ergreifende Abschiedsszene, wiederum wurde dem Kapitän eine warme, innige Dankadresse überreicht, mit der Versicherung, dass die 147 Menschen, die ihm und seinen Leuten, nächst Gott, ihr Leben verdankten, niemals vergessen könnten, mit welcher Aufopferung und Fürsorge die Seeleute sich ihrer in höchster Todesgefahr angenommen und sie nachher verpflegt hätten. Ein vielfaches, donnerndes »Kapitän Walder lebe hoch!«, erscholl von der Landungsbrücke – als der

Lloyddampfer weiterfuhr, und dieser rief seinen dankbaren Schützlingen bewegt ein »Fröhliche Weihnachten!« zu.

»Dies ist doch wirklich der glücklichste Christabend meines Lebens«, sagte Erich einige Tage später unter dem brennenden Tannenbaum zu seinen Lieben auf Helgoland, »denkt euch nur, wie entsetzlich es hätte enden müssen, wenn ich eine Viertelstunde später das brennende Schiff entdeckt hätte. Alle jene unglücklichen Menschen mussten dann verbrennen, denn sie waren schon viel zu erschöpft, um ihre Boote herabzulassen, und bei den hohen Wogen und der anbrechenden Nacht hätten dieselben sich auch nicht halten können, wie dankbar bin ich Gott, dass er mich zum Werkzeuge ihrer Rettung machte und mir die starken Augen gab, die rechtzeitig den Rauch entdeckten.

Viel Ehre und Anerkennung von allen Seiten wurde Kapitän Walder und seiner Besatzung in den nächsten Monaten zuteil; die Eigentümer des verunglückten englischen Schiffes waren die ersten, die ihm eine kostbare Uhr mit Kette und seiner Mannschaft eine Summe Geldes übersandten. Auch Englands Königin ließ ihm eine prächtige Uhr für die Rettung ihrer Untertanen überreichen und ehrte ihn einige Monate später durch einen Besuch auf seinem Schiff. Marie aber heftete mit gerechtem Stolz die Orden und Denkmünzen, die Deutschlands alter Heldenkaiser und noch ein anderer regierender Fürst ihrem Gatten verliehen, an seine Uniform und hing die beiden Dankadressen der vielen geretteten Menschen, in kostbaren Rahmen, als schönsten Schmuck in ihrem Wohnzimmer auf.

Und wieder sind Jahre vergangen, das Deutsche Reich ist zu einer Weltmacht emporgewachsen, und mit starker Hand sucht unser Kaiser vor allem Europa den Frieden zu erhalten, die Geißel des Krieges mit eifersüchtigen Nachbarn, mit den Erbfeinden – den Franzosen, von seinem Volk abzuwenden. Wie unser alter, teurer Heldenkaiser und sein ihm so bald in die kühle Gruft nachgefolgter hochherziger Sohn, Kaiser Friedrich, bemüht sich der dritte Hohenzollernherrscher auf dem Kaiserthron, Deutschlands Macht, Handel und Industrie mehr und mehr zu heben, besonders durch die Schifffahrt – die Kriegs- und Handelsflotten. Wilhelm II. liebt, wie sein Seemannsbruder, Prinz Heinrich, das Meer, die Schiffe, zur Freude aller Seeleute, und gar stolze Kriegsfregatten, Panzerfahrzeuge und Korvetten kreuzen auf allen Weltmeeren und schützen Untertanen und Handel, der eine nie geahnte Bedeutung und Ausdehnung erreicht hat. Der Norddeutsche Lloyd besonders hat dabei geholfen und ein großes Verdienst dadurch erworben.

Dieser wurde im Jahr 1857 gegründet und hat sich im Lauf der Jahre zu einer der bedeutendsten Reedereien der Welt entwickelt. Mit drei Schiffen nahm er seinen Dienst auf und heute sucht seine Dampferflotte in der ganzen Welt ihresgleichen. Stets sind die Leiter des Norddeutschen Lloyds bestrebt gewesen, über die schnellsten, sichersten und schönsten Schiffe auf dem Weltmeere zu verfügen. In den achtziger Jahren des vorigen Jahrhunderts konnte der Norddeutsche Lloyd elf Schnelldampfer aufweisen, während in der ganzen übrigen Welthandelsflotte nur neun Schnelldampfer zu zählen waren. Überhaupt waren es gerade die Schnelldampfer, die den Weltruhm des Lloyd schaffen und festigen sollten. Die Schnelldampfer haben ihm die größte Zahl der Passagiere gebracht. Keine andere Reederei der Welt dürfte eine solche Menge Passagiere befördert haben, etwas was sich daraus erklärt, dass für das Wohl der Passagiere auf den Lloydschiffen in einer Weise gesorgt wird, die kaum zu übertreffen ist. Jeder, der einmal auf einem Lloyddampfer gefahren ist, ist voll des Lobes über alles, was ihm auf dem Schiff geboten wurde. Unter den reichen Amerikanern, die häufiger den Ozean kreuzen, um sich im Sommer in europäischen Badeorten aufzuhalten, gibt es viele, die schon jahrelang mit den Schiffen des Norddeutschen Lloyd ihre Reise antreten. Nicht wenige unter ihnen bestehen darauf, immer wieder mit dem gleichen Schiff zu fahren oder gar dieselbe Kabine wieder zu bewohnen, in der sie schon mehrere Male über den Ozean fuhren. Und nicht allein der Luxus der Lloydschiffe ist es, der sie immer wieder zu diesen hinzieht. Auf den Schiffen finden sie liebe alte Bekannte wieder, mit dem Kapitän haben sie sich auf einer früheren Reise einmal angefreundet und nun ist es ihnen fast zur Selbstverständlichkeit geworden, auch mit dem Schiffsführer zu fahren, dessen Zuverlässigkeit, Berufsfreudigkeit und Liebenswürdigkeit sie schon auf früheren Reisen kennen gelernt haben. Wer einmal amerikanische Zeitungen gelesen hat, wird freudig überrascht sein, mit welcher Gewissenhaftigkeit diese über die Reisen der Lloyddampfer berichten. Täglich kann man während der Reisesaison in amerikanischen Zeitungen lesen, dass diese oder jene bekannten Größen der amerikanischen Finanzaristokratie sich auf einem Lloyddampfer eingeschifft haben, mit ihm angekommen sind oder abfahren. Die Lloydkapitäne gehören zu den beliebtesten Gästen der Amerikaner. Ihnen und ihrer in treuer Pflichterfüllung ergebenen Mannschaft ist deshalb neben der Vorzüglichkeit der Lloydschiffe wohl am meisten zu danken, wenn heute die Zahl der Passagiere des Lloyd eine Höhe erreicht hat, die in der Welt nicht wieder erreicht werden dürfte. Im Jahr 1911 ist die Zahl der Passagiere auf 9 187 057 angewachsen und es dürfte wohl mit aller Wahrscheinlichkeit die Zahl der Passagiere im Jahr 1913 auf 10 Millionen angewachsen sein. Von dieser gewaltigen Menge entfällt ohne Frage der größte Teil auf die Linie Bremen-New York, der eigentlichen Stammlinie des Norddeutschen Lloyd. Trotz aller Konkurrenz, die dem Lloyd auf dieser Linie gemacht wird, steht er doch nach wie vor unter allen Reedereien, die Passagiere von Europa nach New York befördern, an erster Stelle. Wie in den letzten fünfzig Jahren, so ist Bremen noch immer der Hafen, über den der bei weitem größte Teil der Europamüden die Heimat verlässt. Aber nicht allein die Amerikafahrt wird von dem Lloyd gepflegt, längst hat er seinen Geschäftskreis in vorher kaum geahnter Weise ausgedehnt. Der Norddeutsche Lloyd betreibt gegenwärtig 42 Schifffahrtslinien, davon gehen acht nach Nordamerika, zwei nach Südamerika, eine nach Kuba, eine nach Ostasien, zwei nach Australien, drei Linien vermitteln den Verkehr im Mittelmeer, eine Linie verbindet die Endpunkte der Austral- und Ostasienfahrt, eine Linie führt von Singapur nach Neu-Guinea, fünfzehn Zweiglinien verbinden die wichtigsten Häfen in der indonesischen Küstenfahrt und acht Linien werden in der europäischen Fahrt unterhalten. Nicht mit Unrecht kann man heute sagen, dass die Lloydschiffe auf allen Meeren der Welt anzutreffen sind. Wie der Lloyd in der Nordamerikafahrt, so hat er auch in der Ostasienfahrt vorbildlich gewirkt. Auf seinen Linien nach Australien und Ostasien hat er Tropenschiffe in den Dienst gestellt, die anderen Reedereien ein Muster geworden sind, und die dazu beigetragen haben, das deutsche Ansehen in jenen fernen Meeren zu stützen. Früher konnte der deutsche Kaufmann Waren aus dem fernen Osten nur auf fremden Schiffen beziehen, seit aber der Norddeutsche Lloyd regelmäßige Linien nach diesen fernen Gewässern einrichtete, war es ihm möglich, die Waren auf seinen Schiffen zu transportieren und die Erzeugnisse des fernen Ostens und der Südsee, die in die Heimat verschifft werden sollten, auf eigenen Schiffen der Heimat zuzuführen. Ohne Frage hat der Norddeutsche Lloyd gerade durch die Einrichtung der Fahrten in den fernen Osten viel zur Hebung des deutschen Namens in jenen Gewässern beigetragen.

Mit der Ausdehnung des Liniennetzes des Norddeutschen Lloyd hat die Vergrößerung seiner Flotte gleichen Schritt gehalten. Mitte 1912 besaß der Norddeutsche Lloyd im ganzen mit den im Bau befindlichen Dampfern 469 mit einem Raumgehalt von 858301 Brutto-Register-Tons und 627124 Pferdekräften. Von diesen Fahrzeugen waren 129 Seedampfer und 66 Nordsee- und Flussdampfer. Einen besonderen Platz unter den Dampfern des Norddeutschen Lloyd wie unter den Dampfern der gesamten Welthandelsflotte, nehmen die schon erwähnten Schnelldampfer des Norddeutschen Lloyd ein. Keine andere Reederei hat eine gleiche Anzahl Schnelldampfer mit derartig hervorragenden Eigenschaften aufzuweisen. Die vier prächtigen Doppelschrauben-Schnellpostdampfer *Kaiser Wilhelm der Große, Kronprinz Wilhelm, Kaiser Wilhelm II* und *Kronprinzessin Cecilie* haben dem Norddeutschen Lloyd für lange Jahre die Führung im transatlantischen Verkehr verschafft. Mit ihnen ist es zum ersten Mal einer Reederei gelungen, einen ebenso regelmäßigen Verkehr auf dem Ozean zu unterhalten, wie er auf dem Festland mit unseren modernen Schnellzugslokomotiven ermöglicht wurde. Eine derartige Regelmäßigkeit war natürlich nur mit Schiffen durchzuführen, deren Maschinen so gleichwertig sind, wie die dieser Bauwerke. Schon als der erste der Schnelldampfer, *Kaiser Wilhelm der Große* im Jahr 1897 in den Dienst gestellt wurde, hatte man die Absicht, die Schnelldampferflotte so auszubauen, dass ein regelmäßiger wöchentlicher Verkehr aufrechterhalten werden konnte. Mit der Vollendung der *Kronprinzessin Cecilie* im Jahr 1907 war dieses Ziel erreicht. Seitdem geht in den Monaten März bis Dezember an jedem Dienstag sowohl von Bremerhaven als auch von New York je einer der mächtigen Schnelldampfer des Norddeutschen Lloyd in See. Die Gleichmäßigkeit der Fahrten der vier Dampfer hat schnell eine gewisse Berühmtheit erlangt und gelegentlich zu der scherzhaften Bemerkung geführt, dass die Leuchtturmwärter an der Weser und am Hudson nach der Ankunftszeit der Dampfer ihre Uhren zu stellen pflegen. Wenn das Scherzwort auch etwas stark aufträgt, so ist ihm seine Berechtigung in gewissem Sinn doch nicht abzusprechen, denn in der Tat sind die Ankunfts- und Abfahrtszeiten aller vier Dampfer seit der Eröffnung des zum Hudson führenden Ambrose-Channel im

Schifffahrtsbetrieb fast einzig dastehend. Die ganze Reise von Hafen zu Hafen nimmt etwa eine Woche in Anspruch, während die eigentliche Ozeanreise in zirka fünfeinhalb Tagen zurückgelegt wird. Wer zu einem Besuch der Vereinigten Staaten von Amerika die Schnelldampfer des Norddeutschen Lloyd benutzt, dem ist es möglich, die ganze Amerikareise, verbunden mit einer Reise ins Innere des Landes zu den Niagarafällen, Chicago etc., in drei Wochen zurückzulegen.

Der Norddeutsche Lloyd hat es sich seit etwa zwanzig Jahren zum Prinzip gemacht, seine Dampfer auf eigenen Werften bauen zu lassen. Auch die vier großen Schnelldampfer sind sämtlich auf eigenen Werften entstanden. Schon in ihrer äußeren Form unterscheiden sich die Schnelldampfer von anderen Dampfern. Ihre Raumabmessungen geben dem Schiffsleib etwas schlankes, scharf ragt ihr Bug aus dem Wasser, nicht übermäßig hoch liegen die Deckaufbauten auf dem Wasser, vier mächtige Schornsteine ragen aus den Deckaufbauten heraus. Alles scheint im Bau dieser Schiffe auf Bewegung abgestellt zu sein. Ihre Schnelligkeit und ihr eigener Typ hat ihnen denn auch den bezeichnenden Namen »Ozeanwindhunde« eingebracht. In ihren Einrichtungen ähneln sie einander, allerdings werden die zuerst gebauten von den jüngeren Schnelldampfern an Pracht ihrer Einrichtungen noch übertroffen.

Äußerst interessant ist ein Besuch des Maschinenhauses eines Schnelldampfers. An langen Eisenleitern steigt man hinab, hinab vom Deck in den Raum, in dem alles in rastloser Bewegung ist. An uns vorbei auf mathematisch genau bestimmten Wegen recken und schieben sich, gewaltigen

Riesenarmen gleich, glänzende stählerne Kolben, ein Rollen, Zittern, Donnern und Zischen dringt durch den Raum und bringt uns zum Bewusstsein, dass um uns Tausende von Kräften an der Arbeit sind. Ein Bewegungschaos scheint's auf den ersten Blick und doch fängt sich alle die arbeitende Kraft an einer dicht über dem Boden des Maschinenhauses dahinlaufenden blitzblanken Welle. Kaum sieht man, dass sie sich dreht, so sicher und genau ausbalanciert liegt sie in ihren Lagern und dort hinten bricht sie wohl abgedichtet durch die hintere Schiffswand und trägt an ihrem Ende vier riesige aus harter Bronze gefertigte Schrauben, die rasend schnell das Meerwasser peitschen, dass es wütend aufschäumt. Eine eiserne Wand, an deren weißer Farbe dicke Tropfen Wassers wie Schweißtropfen hängen, trennt Maschinen- und Kesselräume. Durch eine schmale Falltür gelangen wir in einen der Kesselräume. Hier ist Wärme des Maschinenhauses zur Glut gesteigert, trotzdem ein dauernder Zug die Luft in Bewegung hält. Ab und zu flammt es im nachtdunklen Raume auf, wie von riesigen Ventilatoren angesogen fällt die Luft in einen glühenden Schlund und schon beeilen sich flinke, rußige Hände, schwarze Kohlenmassen in den schier unersättlichen Rachen zu schleudern. Befriedigt schließt sich das Feuermaul und nun liegt nur wieder der von den dunklen Wänden aufgesogene matte Schein einer Glühbirne auf den sehnigen schwarzen Gestalten der Heizer.

Schnell vergisst man Hitze und Schwüle, wenn man den Kessel- und Maschinenräumen wieder entstiegen ist und über die hellen und luftigen Decks zum Kartenhaus des Kapitäns emporsteigt. Wie die Maschine das Herz, so ist das Kartenhaus der Kopf des Schiffes. Was im Rumpf des Schiffes aus Kohle und Dampf zu Kraft zusammengebraut ist, erhält von hier aus seine Direktiven und wird dem menschlichen Willen untertan gemacht. Der zwingt's zum Kampf mit Wind, Wetter und Wogen, so müssen die Kräfte der Natur sich in den Dienst des Menschen stellen und ihm helfen, drohende Naturgewalten zu meistern.

Zu welchen Leistungen der moderne Schiffbau es heute gebracht hat, davon möge uns der Schnelldampfer »Kaiser Wilhelm II.« ein Beispiel geben. Fast zwei Jahre haben Geist, Kraft und Fleiß benötigt, um diesen Schiffspalast fertigzustellen. Im Beisein Sr. Majestät des Kaisers verließ das Schiff den Helgen und wurde dann einige Monate darauf als der dritte der Lloydschnelldampfer in den Dienst gestellt. Mit seiner Länge von über zweihundertfünfzehn Metern übertrifft er seine beiden älteren Schwesterschiffe *Kaiser Wilhelm der Große* und *Kronprinz Wilhelm* und hält sich in den gleichen Maßen wie der jüngste Schnelldampfer des Lloyd, die *Kronprinzessin Cecilie*, die *Königin der See*, wie sie die Amerikaner bei ihrem ersten Eintreffen in New York genannt haben. Von größter Wichtigkeit ist bei einem Passagierdampfer seine Sicherheit. Diese wird dadurch erreicht, dass das Schiff durch Schotten in wasserdichte Abteilungen geteilt wird. *Kaiser Wilhelm II* besitzt außer 17 Querschotten im Maschinenraum ein Längsschott und ist so in neunzehn wasserdichte Abteilungen geteilt. Die Maschinen *Kaiser Wilhelm II* haben 45000 Pferdestärken, vier vierfache Expansionsmaschinen arbeiten in dem Maschinenhaus, und zwar zwei an einer Welle. Das Personal zur Bedienung der Kesselanlage beläuft sich allein auf 237 Mann. Die Beleuchtungsanlage umfasst rund 3200 Glühbirnen von je 25 Kerzen. In den Küchen kann für 800 Passagiere erster Klasse, 400 zweiter Klasse und für 1100 Zwischendecker gekocht werden. Die Provianträume nehmen 736 Kubikmeter ein, das ist etwa der Raum eines ansehnlichen Küstendampfers. Zur Kühlung der Proviantmengen ist eine bedeutende Anlage vorhanden und außerdem wird noch eine ganz erhebliche Menge Natureis mitgeführt. Der große Speisesaal, der nahezu 613 Quadratmeter Bodenfläche hat, ist in der Farbe hauptsächlich in Blau und Weiß gehalten. Die Holzteile sind vom Boden bis zum Plafond in blaugebeiztem Holz ausgeführt, alle anderen Teile weiß lackiert und mit Plafondgemälden geziert.

Die Architektur im Rauchsalon ist im Renaissancestil gehalten. In der Mitte ist der Raum von einem gewaltigen, tonnenförmig gewölbten Oberlicht in feinster farbiger Verglasung überdacht. Die Wand nach dem Hinterschiff zeigt eine architektonisch reich behandelte, durch Säulenstellung flankierte Tür mit einem kräftigen Bogengesims, auf dem in allegorischer Darstellung die von hervorragender Künstlerhand ausgeführten Figuren, Handel und Schifffahrt darstellend, ruhen.

In dem vornehm eingerichteten Gesellschaftssalon finden wir ein von Ludwig Noster gemaltes Bild Sr. Majestät Kaiser Wilhelm II., dessen Namen das stolze Schiff führt.

Der Norddeutsche Lloyd ist bei diesen Schiffen nicht stehengeblieben, noch größere und in ihrer Einrichtung den jüngsten Erscheinungen in der Innenarchitektur nachkommende Dampfer sind gebaut worden.

Prinz Friedrich Wilhelm, *Berlin* und *George Washington*, die jüngsten Schiffe des Norddeutschen Lloyd in der Nordamerikafahrt gehören zu den beliebtesten Schiffen bei allen Ozeanreisenden. Der *George Washington* ist meistens schon viele Wochen vor seiner Abfahrt bis auf den letzten Platz besetzt. Die großen Erfolge, die der Norddeutsche Lloyd mit seinen Schiffen errungen hat, haben ihn veranlasst, seine Flotte noch immer weiter auszubauen. Vier neue Passagierdampfer von ein und demselben Typ, stellt der Norddeutsche Lloyd in den Südamerikadienst ein und für die Linie Bremen – New York ist der neueste Dampfer des Norddeutschen Lloyd bestimmt. Er hat den Namen *Columbus*, des kühnen Entdeckers Amerikas, erhalten und ist ein Schwesterschiff des »George Washington«, des zurzeit größten Schiffes der deutschen Handelsflotte, übertrifft diesen aber noch beträchtlich. Möge auch den jüngsten Schiffen des Norddeutschen Lloyd das Glück treu bleiben, mögen sie dem Lloyd die erhofften Erfolge bringen und sie zu ihrem Teile dazu beitragen, dass das Ansehen des deutschen Namens auf fernem Weltmeere immer mehr wachse.

Der Held dieser Blätter war der erste, dem das Kommando eines der ersten dieser schwimmenden Paläste anvertraut wurde, mehrfach war es ihm auch vergönnt, seine Marie und seine Kinder darauf über das Meer zu führen, um ihnen die Wunder der Neuen Welt zu zeigen, aber das Vaterland geht ihm über alles. Und wenn er an der heimatlichen Felseninsel von Helgoland vorüberfährt und mit Wehmut seiner und Mariens Eltern gedenkt, die längst auf dem stillen Friedhof dort oben ruhen, dann leuchtet doch wieder sein Blick voll

Stolz und Freude darüber, dass jetzt auch dort die deutsche Flagge weht, seit Kaiser Wilhelm II. die urgermanische Insel durch Tausch von England zurückerworben und zum Schutz der Elb- und Wesermündungen eine starke Festung auf dem Oberland erbauen ließ. Solange dem Kapitän auf der Kommandobrücke des Lloyddampfers der hohe, rote Felsen inmitten der wilden Nordsee sichtbar bleibt, muss die Schiffskapelle die Melodie des Liedes spielen, das der Dichter Hoffmann von Fallersleben, schon lange bevor Deutschlands Einigung vollbracht, im Jahr 1841 auf Helgoland gedichtet hat – wie ein ihm dafür dort errichtetes Denkmal der Nachwelt verkündet.